책갈피와 책수레

보수동 책방골목 10년 북클럽은
어떤 책을 읽었을까?

책갈피와 책수레

대우서점 독서회 지음

모바일 문명이 일상을 지배하고 있는 시대에 낯선 얘기처럼 들릴진
모르지만, 책의 향기를 찾아 헌책방 골목을 찾는 이들의 발걸음이
끊임없이 이어지던 때가 있었다. 헌책을 읽고 연구하는 것이 가장
알차고 알뜰한 공부 방법이던 때이기도 했다. 귀한 책을 저렴한 가격
에 사서 읽고, 필요한 분야를 독파하는 방식은 용돈을 아껴 헌책방
을 찾는 이들에게 즐거움과 보람을 가득 안겨 주었다. 그렇게 해서
시인이 되고, 작가가 되고, 교사가 되고, 공무원 시험에 합격하고, 학
위를 받아 교수가 되고, 존경받는 정치인이 되기도 했다.

부산 보수동 책방골목은 그런 곳이었다. 문학, 역사, 철학, 과학,
예술 등 세상 모든 분야의 기록들이 천장까지 빼곡하게 책장을 메
우고 언제라도 찾아올 독자의 손길을 기다리는 곳, 누군가가 읽고
난 뒤 소용없어지거나 버려진 책들이 새 주인을 만나 생명을 얻고
제 가치를 발하는 곳, 책을 좋아하지 않더라도 골목을 지나가다 보
면 인류가 쌓아 올린 사유와 지성의 힘에 자만과 독선이 겸손으로

바뀌는 곳, 배낭까지 짊어지고 책 수집을 할 정도로 못 말리는 애서가들이 수시로 출몰하는 곳, 팔짱 낀 연인들의 데이트코스가 되기도 했을 만큼 낭만이 깃든 곳….

순식간에 정보를 받을 수 있는 매체의 홍수 속에, 한 장 한 장 넘겨 읽는 느리디느린 행위의 비가시적인 가치는 외면을 당하다 보니 지금의 보수동 책방골목은 '골목'이란 단어가 무색할 정도로 쇠퇴했다. 하지만 그 역사와 함께한 독자들에게는 든든한 인생의 한 축이요, 잊히지 않는 추억으로 가슴 속에 남아 있다.

* * *

보수동 책방골목에서 '대우서점'이라는 헌책방을 운영하던 책방 주인장은 어느 날 한 가지 결심을 하게 된다. 1978년 책방을 차려 수십 년을 경영하면서 단골손님들에 대한 애정 또한 남달랐던 그는, 책을 좋아하는 손님들과 사적인 대화도 종종 나누며 관심을 갖고 지켜보는 편이었다. 취향에 따라 고르는 책이 각양각색이었던 단골들은 책방에 오면 요모조모 한참을 살펴 필요한 책을 고르면서 한두 시간씩 머물기도 하고, 책들이 잔뜩 쌓여 있는 곳에서 책을 꺼낼 때는 손님들끼리 서로 들어주고 빼내 주기도 하고, 이 책은 왜 사는 것인지 어떤 점이 좋은지 서로 묻기도 하면서 '책'을 매개로 안면을 텄다.

하지만 거기까지. 다음에 또 만나면 목례 정도 할 뿐이지 서로 서먹했고, 어렵게 대하는 것이었다. 심지어 책과 함께 고립되거나 외로워 보이는 사람들도 있었다. 대우서점 주인장은 '그렇다면 이 사람들이 한데 모여 책과 함께 소통할 수 있는 모임을 만들면 어떨까' 하는 생각을 했고, 그 생각은 2013년 말 실행되었다. 서점 단골들 중에 단지 책을 아주 많이 좋아한다는 공통분모만을 가진 사람들… 그렇게 12명의 책벌레들이 부산 서구의 한 식당에서 설레는 마음으로 모임을 가졌다. 대우서점 독서회가 결성된 첫날이었다.

이후 비교적 초장기 몇 년 동안 모인 회원들은 주부, 선장, 교사, 해상교통관제사, 간호사, 소상공인, 기자, 도서관 사서, 회사원 등등 직업군도 다양했고, 읽는 분야도 많이 달랐다. 하지만 수시로 서점을 찾고 책을 꾸준히 읽어 온 이 믿음직한 사람들은 자신들만큼 책을 사랑하는 사람들로 모임이 꾸려지자 어디서도 경험하지 못한 연대감으로 독서회를 이어 갔다.

* * *

독서회를 운영해 본 사람들은 잘 알겠지만, 모임을 지속하는 데 아주 중요한 요건 중 하나가 '공간'이다. 독서회 결성 초기에는 함께 할 장소가 마땅치 않아, 한 회원의 서재에서 옹기종기 모였다. 시간이 좀 지나서는 보수동 책방골목문화관에서 수년간 안정적으로 모임을 하고, 코로나19로 대면이 어려울 땐 온라인으로 만나다가, '서푼짜리 오페라'라고 하는 공간을 거쳐 최근 다시 시내 중심가의 한 사무실을 빌려서 모이고 있다.

모임의 방식 또한 초창기에는 이런저런 형태로 다양한 시도를 하다가 한 달에 한 번 발제를 하는 회원이 책 선정을 하는 것으로 자리를 잡았다. 그리고 자연스레 인문학 분야의 책이 주된 대상 도서가 되어 갔다. 회원들은 한 달에 한 번 10년 동안 시, 소설, 역사, 철학, 과학, 인문고전, 명상서, 특별한 상을 받은 도서, 부산의 원북원 선정 도서, 과학 분야 등의 책들을 두루 읽었다.

* * *

읽었다면 어떻게 살 것인가? 독서는 필연적으로 읽는 개인의 만족이나 행복을 넘어설 수밖에 없다. 읽기가 바탕이 된 지성과 성찰은, 그 사회의 문제 또한 섣부른 감정이나 해묵은 신념으로 밀어붙이지 않고, 사태에 대한 예리한 통찰로 해결책을 함께 찾아 나간다는 점에서 성숙한 시민 사회의 토대가 된다. 대우서점 주인장은 부산 보수동의 헌책방을 정리하고 2020년 가을, 전남 구례로 가서 '섬진강책사랑방'을 새로 차렸다. 보수동 책방골목에 있을 때도 그랬지만 그곳 헌책의 양과 질 또한 전국 규모다. 당연히 새로운 독서 모임을 운영하며, 다양한 프로그램을 수시로 열어 지역 문화에 활기를 불어넣고 있다. 초등교사인 한 회원은 '독서 쌤'을 자처하며 근무 학교에서 북클럽을 크게 활성화하고, 어려운 책을 읽는 고감도(苦感跳) 독서 교실 운영, 폐기 도서로 게임하기 등으로 학생들의 독서 지도에 열정을 쏟았다.

복지관 등에서 전공을 살려 시니어들을 대상으로 봉사를 하거나, 부산 원도심에 있는 문화공간에서 신화, 해양문학 읽기 등을 주도하여 해양 인문학의 발전에 힘을 보태고 있는 회원들도 있다. 선장 출신인 한 회원은 아예 보수동 책방골목 2층에 '부산학당'을 열고, 사료와 현장 답사를 통한 부산학 연구를 바탕으로 도서관과 구청 등에 강사로 나서 부산 지역사를 알려 왔다. 이외에도 따로 모임을 만들어서 서양 고전 읽기를 퍼뜨리고 있는 회원, 거주 지역 학생들과 주민들에게 독서와 글쓰기의 기회를 제공하고 시니어 독서 모임을 직접 운영하는 회원 등 대부분 독서회에서 한 걸음 더 나아가는 활동들을 해 나가고 있다.

* * *

이 책은 보수동 책방골목에서 결성되어 10년을 이어온 대우서점 독서회원들의 책 이야기이다. 책 속에는 하고많은 여가 활동 중에 독서를 으뜸으로 삼은 사람들은 대체 어떤 책에 이끌렸는지, 독서 모임으로 함께 읽으면 어떤 즐거움이 있는지, 저마다의 독서법에는 어떤 특별한 것이 있는지, 어떤 책과 작가들을 좋아하고 읽어 왔는지 하는 내용이 담겨 있다.

대우서점 독서회원들은 부산 문화의 자존심이자 최후의 보루라고 여겼던 보수동 책방골목이 서서히 쇠퇴해 가는 것을 아프게 지켜보면서, '당장 우리보다 다음 세대가 감성과 지혜를 충전하기 위해 기댈 곳은 과연 어디일까' 하는 생각을 절실하게 했다.

함께 읽고 좋은 삶을 이야기할 수 있는 독서 동아리가 세상에 더 많아졌으면 좋겠다. 독서 동아리는 그 자체로 하나의 작은 사회이기 때문에 책이 좋아서 읽는 기쁨 외에, 함께 읽는 과정에서 인생의 덕목들을 현재 진행형으로 배운다. 더 나은 세상을 만들어 나가는 든든한 기초 공사로 책 읽기와 독서 동아리만 한 것이 없다는 믿음으로 이 책을 엮었다.

박정은

차
례

들어가며 _4

1장 독서의 길로 나를 이끈 '첫 책'

노동과 책 사이에서 새가 날다 _17

가슴 뚫리는 장쾌함을 맛본 책 _21

소월의 시가 생의 리듬이 되어 _24

책을 돛 삼아 갈바람을 기다리다 _28

첫 책을 기억하나요? _33

"야~야! 니는 우째 그래 아는 기 많노?" _37

나에게 질문을 던져 준 첫 책 _43

중국 근현대사에 빠지다 _46

반려견 목줄과 만화 _51

왜 그때 러시아 소설에 매료되었을까 _54

열네 살에 읽은 어른 소설 _58

2장 대우서점 독서회, 함께 읽는 즐거움

책으로 맺은 인연은 오래간다 _ 65

위안과 환대의 장소 _ 69

서점 단골에서 독서회원으로 _ 73

대우서점과 대우빵집 _ 77

책으로 숨 쉬는 사람들 _ 82

후회 없는 삶의 여정 _ 86

섬진강에서 봄밤을 보내며 _ 89

집에서는 5분도 안 들어 주는데… _ 93

또 하나의 작은 공동체 _ 98

매파(媒婆) 대우서점 _ 102

영혼의 틈을 메워주는 따뜻한 만남 _ 108

대우서점과 나의 연(緣) _ 112

3장　책벌레들의 독서 시크릿

나의 독서편력기(讀書遍歷記)　　　　　　　　　　　_ 119

오늘도 가방에 책을 담는다　　　　　　　　　　　_ 123

나의 독서 습관과 방법　　　　　　　　　　　　　_ 128

사람을 만나 책에 빠지다　　　　　　　　　　　　_ 132

책갈피와 책수레　　　　　　　　　　　　　　　　_ 137

편독(偏讀)이 정말 심하다　　　　　　　　　　　　_ 141

다섯 번 만에야 만난 '희미한 너의 모습'　　　　　　_ 146

헌책방 지기의 책 읽는 습관　　　　　　　　　　　_ 150

읽는 사람　　　　　　　　　　　　　　　　　　　_ 155

얕고 폭넓은 독서의 묘미　　　　　　　　　　　　_ 159

노트에 적어가며 읽는 재미　　　　　　　　　　　_ 162

책은 더러워야 한다　　　　　　　　　　　　　　　_ 165

4장 애정하는 작가들

최애의 작가, 남극례 _ 171

사마천(司馬遷)과의 동행 _ 175

드높은 차원의 감명 _ 180

그녀들이 내게 주는 감동 _ 184

다우가(多友歌) _ 188

바다의 시학으로 이끈 바슐라르 _ 194

잊을 수 없는 작가들 _ 199

지금도 믿고 읽는 작가 _ 203

한창훈의 바다를 항해하다 _ 206

글쟁이들은 마술사 _ 210

사랑은 움직이는 거야 _ 214

5장　내 인생 최고의 책

역사의 뿌리와 혼이 담긴 최고의 고전 _ 221
일연 『삼국유사』

인간의 시간에 빛을 던지다 _ 224
헤로도토스 『역사』

생사의 기로에서 붙잡은 철학 _ 228
보에티우스 『철학의 위안』

모비 딕의 바다 _ 232
허먼 멜빌 『모비 딕』

염세주의자가 말하는 삶의 아포리즘 _ 236
아르투어 쇼펜하우어 『쇼펜하우어의 행복론과 인생론』

아, 일리아스! _ 240
호메로스 『일리아스』

나의 시공간을 철저히 지배하는 책 _ 247
사마천 『사기열전』

'스토너'를 소개하고 싶어요 _ 252
존 윌리엄스 『스토너』

권장하고 싶은 나의 애독서 _ 256
윌리엄 J. 베네트 『미덕의 책』

깨달음의 길로 인도하는 책 _ 260
대우 『그곳엔 부처도 갈 수 없다』

역사를 보는 전혀 색다른 시각 _ 263
레이 황 『거시 중국사』

푸르른 이십 대의 쓸쓸한 언어 _ 268
기형도 『입 속의 검은 잎』

1장

독서의 길로
나를 이끈
'첫 책'

더운 여름날 집 옆에 있던 노송 그늘에 멍석을 깔고 시원한 물 한 바가지처럼 책을 마셨다. 세상과 삶을 읽고 일깨움을 얻었다. 여름 방학 때 한낮 더위를 피해 농사일을 도우며 노동했고, 한낮 더위 때 책으로 휴식을 취했으니 그 시간이 아마도 내가 새처럼 날았던 시간이지 않았을까.

김은숙 '노동과 책 사이에서 새가 날다' 중에서

노동과 책 사이에서
새가 날다

김은숙

시골에서 초등학교, 중학교를 보냈다. 그 시절에는 산골 학교에 도서관도 없었고 가정집마다 책 구경하기도 힘들었다. 참고 도서도 귀했고 문자를 볼 수 있는 건 교과서뿐이었다. 요즘처럼 미디어 시대, 검색의 시대가 아니라서 세상을 엿볼 수 있는 통로에는 한계가 있었다.

중학교 2학년 여름 방학 때 광주에서 대학을 다니던 오빠가 소설 『삼국지』 시리즈를 사다 주었다. 나관중 판본이었는데 누구의 평역이었는지 기억이 없다. 다음 이야기가 궁금하여 세헤라자데를 살려둔 『아라비안 나이트』의 왕처럼 스토리 전개가 어떻게 될지 기대와 흥분으로 페이지를 넘겼다. 방대한 서사와 영웅호걸들의 활약상에 흠뻑 빠져 읽었다. 유비, 장비, 관운장, 조조, 손권, 동탁, 여포, 초선 등 수많은 등장인물과 함께 오욕칠정의 감정을 공유했다. 40여 년이 지났건만 그 기억이 생생하다. 특히 방통과 제갈공명을 추앙했다. 제갈공명의 지혜와 통찰력, 현명함에 반했었다. 제갈공명 같은 멋진 사람 만나서 결혼해 보고 싶은 마음도 가져 보았다. 방통은 추남이었지만 지략과 지혜가 탁월했다. 그러나 하늘이 내린, 단명이란 운명을 거스르지 못했다. '하늘이 내린 운명이란 어찌할 수 없나 보다'라고 생각했다. 천여 명의 인물들이 등장하는 역사 소설책 안에서 세상 경험을 했고, 인간사를 바라보는 식견이 조금씩 자라났다. 삼국지의 세계는 흥미진진했고 웅장함이 가슴을 뛰게 했다. 지금까지도 그때 읽었던 삼국지의 재미와 감동이 느껴진다.

삼국지의 전략과 전술, 관용표현, 격언, 고사성어 등은 각종 신문 기사나 책 내용에 인용되고 회자된다. 그때 읽었던 최초의 책이 나에게 기본적인 지식이 되었고, 가난한 상상력이 새처럼 넓은 세상을 날게 되었다. 한편으론 우리나라에도 이렇게 훌륭한 기본기가 되는 역사소설이 있으면 좋겠다는 생각도 해 보았다. 더운 여름날 집 옆에 있던 노송 그늘에 명석을 깔고 시원한 물 한 바가지처럼 책을 마셨다. 세상과 삶을 읽고 일깨움을 얻었다. 여름 방학 때 한낮 더위를 피해 농사일을 도우며 노동했고 한낮 더위 때 책으로 휴식을 취했으니 그 시간이 아마도 내가 새처럼 날았던 시간이지 않았을까.

그 이후엔 타지에서 언니가 사서 보내준 세계 문학전집인 『주홍글씨』, 『좁은 문』, 『제인 에어』를 읽었다. 책이 귀한 시절에 그나마 책과 가까이할 수 있었던 동력은 언니, 오빠가 사서 보내준 책이다. 책에 대한 가치를 스스로 체득하며 책 사랑이 나무처럼 소리 없이 커

갔다. 중학교 때는 특활 활동으로 독서부에 들었는데 학교에 책이 한 권도 없어 그 시간에 조용히 공부만 했던 웃픈 기억이 난다. 고등학교 시절엔 야자까지 하던 시절이라 책과는 자연히 거리가 멀어졌다.

학력고사가 끝나고 처음으로 전주 민중서관에서 내 돈으로 토마스 불핀치의 『그리스 로마 신화』라는 책을 샀다. 왜 그 책을 선택했는지 기억이 없지만, 그 당시엔 왠지 그 책을 사야 할 것 같았다. 그때는 서양 문화의 원형이라는 것을 모르고 그 책을 읽었다. 지금은 누렇게 바랬지만 지금까지 나와 가장 오래도록 같은 장소에 함께하는 책이다. 사회생활을 시작했을 무렵 언니 집 책장에 꽂혀 있던 이광수 문학 전집을 읽었다. 『무정』, 『사랑』 등 소설책이 주는 재미와 감동은 그 당시 나에게는 흥분되는 단맛이었다. 사랑에 관심이 많을 나이라서 그런지 몰라도 소설을 읽으며 상상하고 현실 세계를 벗어나 나만의 책 세계에 빠져 지내는 시간은 행복 그 자체였다. 이후론 시간이 날 때마다 중국 무협지를 탐독했다. 책을 읽고 난 후에 잠자는 시간엔 나만의 공상 무협 영화를 찍었다. 상상력이 무의식에 작동하여 애절하고 눈물 나는 스토리로 꿈속 영화를 만끽하며 풍성한 향연을 즐겼다. 그때의 스토리를 짧은 글로나마 남겨 놨으면 그 시절을 추억하며 웃을 수도 있을 텐데 아쉽기도 하다. 결혼 이후엔 아이들 양육과 생업을 병행하느라 책과 다시 멀어졌고, 자식들이 어느 정도 크고 나니 나만의 시간이 생겨 다시 책과 친해졌다. 활자의 세계를 좋아하는 성향 때문이기도 하지만 학창 시절에 재미있게 읽었던 책들이 씨앗이 되었다.

　아침, 저녁 노동을 하고 그 틈 사이에 세상을 날았던 뜨거운 여름 한낮의 독서는, 세상에 대한 호기심과 지적인 목마름이 꾸준한 책 사랑으로 이어지는 단초가 되었던 것 같다.

가슴 뚫리는
장쾌함을 맛본 책

서창호

온통 흰 눈으로 덮인 세상 모습은 신비하다! 하지만 한밤중에 소리 없이 눈이 쌓여 지붕에 무게를 더할 때 그 눈은 위험하다. 초등학생 1학년 때로 기억한다. 아버지는 자던 식구를 모두 깨웠다. 쌓이는 눈 때문에 지붕이 무너지겠다며 지붕에 쌓인 눈을 당장 치워야 한댔다. 당시 몸집 작고 재빨랐던 내가 선택되어 슬레이트 지붕 위로 올라가게 됐다. 눈이 어찌나 많이 내렸던지 출입문이 열리지 않았다. 식구들이 모두 들러붙어 문을 밀고 밀어 조그만 내 몸뚱아리 하나 어찌어찌 비집고 나갈 수 있을 만큼의 틈이 겨우 벌어지자, 문을 타고 힘겹게 지붕 위에 올랐다. 아버지가 손수 만든, 내 키보다 큰 눈삽을 위태위태 밀며 조금씩 눈을 지붕 아래로 밀어냈다.

단층 연립으로 지어진 광부들 사택이라 길게 뻗은 슬레이트 지붕 위로 나 말고 다른 아이들도 하나둘 올라왔다. 온통 하얀 세상에서 나와 아이들이 지나는 곳마다 검은 자취들이 나타났는데 마치 자연이 마련해준 도화지 위에서 눈삽으로 스크래칭(Scratching)을 하는 듯했다. 어린 마음에 그건 일종의 도술이고 마법이었다!

얼마 후에 다른 집으로 이사하고 그 집에는 외삼촌네가 들어 살게 되었다. 나보다 어렸던 외사촌 동생들과 그 집에서 자주 놀았는데, 거기서 우연히 『전우치전』을 보게 되었다. 족자 속 창고지기를 불러내어 한 냥씩 얻어 생계를 꾸미는 모습이나, 천상선관(天上仙官)이 되어 임금을 비롯하여 탐관오리들을 혼내는 모습은 어린 마음에도 통쾌했다. 선이 이기고 악이 패하는 것은 당연한 감동이었다. 기억이 정확하진 않지만 아마도 한쪽은 그림이, 다른 쪽엔 글자가 있었던 듯하다. 또한 아이들 눈높이에 맞춰 전우치의 맹활약으로 백성들이 기뻐하는 내용이 가득했다.

외삼촌 집에 갈 때마다 한동안 그 책을 보았다. 좀 더 커서 본 『전우치전』은 전우치가 자신보다 도력이 더 센 강림도령(降臨道令)을 만나 패하는 모습과 마침내 화담(花潭)선생을 만나 태백산으로 들어가는 모습으로 끝났다. 작자 미상 작품이지만 『전우치전』을 쓴 작가는 비록 위민(爲民)하는 선한 의도라 하더라도 사회를 혼란스럽게 하는 것을 끝까지 지지할 수는 없었던 모양이다. 악인이 패하고 선인이 승하는 모습을 읽으며 온몸으로 흥분하였던 이단전(李亶佃, 1755~1790)처럼 격렬한 반응을 해 보진 못했지만, 사방이 빼곡한 산으로 둘러싸여 뻥 뚫린 데라곤 고개 들어 바라본 하늘뿐이었던 태백 탄광 마을에서 전우치의 도술과 신기한 유행(遊行)은 실로 가슴 뚫리는 장쾌함이었다. 하지만 그런 마음을 누구와도 나눠 보질 못했다. 요즘 같은 독서 토론을 상상하지도 못했던 때였고, 책자도 작고 얇은 데다 이야기도 짧았기 때문에 외사촌 동생들과 놀다가 잠시 잠시 『전우치전』에 빠졌다가, 또다시 놀이로 몰입하곤 했던 것이다.

전우치는 중종 때의 실제 인물이었는데 도술을 익혀 나라에 반역을 꾀했다가 제 명대로 못 살고 죽었다고 한다.[1] 그러니까 『전우치전』은 실제 했던 인물을 전설과 섞어 소설화한 작품이다. 『전우치전』에서 전우치(田禹治)는 자신의 이름처럼 우(禹)임금이 다스리는[治] 태평성대를 갈망했던 뜻이 있어 세상을 요란하게 흔들었지만, 끝내는 화담의 뜻을 받들어 조용하고 평화로운 생활로 마감한다. 초등학생 어린 시절 우연히 접했던 책에는 좀 더 커서 본 『전우치전』에서 본 결말이 나타나 있지 않았던 것 같지만, 그럼에도 불구하고 내 생애는 『전우치전』의 영향을 얼마간 받았던 것일까? 내가 살아온 것을 가만히 되짚어 보면 나 역시 함께 사는 보통의 착한 이웃들이 잘 되길 바랐고, 상식적인 판단에 근거한 정의로움이 이 사회에 자리잡기를 희망해 왔다.

어려서 처음 접했던 『전우치전』은 책에 잠깐 눈을 박고서도 커다란 즐거움을 선사했던 책이었다. 이제 내 나이는 지천명(知天命)을 훌쩍 넘겨 이순(耳順)이 가까워지고 있지만, 여전히 독서하는 이유 중에 '즐거움'을 제일로 치고 있다.

소월의 시가
생의 리듬이 되어

정기남

유령 실은 널뛰는 뱃간에 냄새.
생고기의 바다의 냄새.

김소월, 「여자의 냄새」에서

그것은 내가 얼떨결에 두 손을 번쩍 든 순간 시작된 일인지 모른다.
두메산골의 촌놈이 대처의 중학교에 와서 처음 저지른 사건이었다.
기독교 계통의 학교라서, 매주 토요일 첫 수업은 홈룸(Homeroom) 시
간이었다. 학급자치회를 꾸려나가기 위해서는 우선 회의를 진행하는
법을 알아야 했다. 그래서 바로 소도시 학교치고는 제법 번듯했던
도서관으로 달려갔다. 그 여파로 지금도 살다가 부닥치는 문제의 해
답은 책에서 구한다.

폐가식 도서관이었는데 거기서 어쩌다 『소월 시집』과 만났다. 외

우다시피 읽고 또 읽었다. 소월의 리듬이 나의 숨결이 되었다. 나의 독서 이력은 실용 도서에서 시작해서 거기서 벗어나기 위한 안간힘이었다. 그 시절 학내에 떠돌던 괴담이 있었으니, 수위 아저씨가 그 도서관의 책을 모두 다 읽었다는 것이었다. 그때부터 나의 소원은 등대지기가 되는 것이었다. 책을 마음껏 읽을 수 있는 유일한 직업이라고 생각했다. 소월은 내게 외로워지라고 했다.

왜 하필 『소월 시집』이었을까. 반쪽 하늘을 머리에 이고 살던 소년에게 교과서 말고는 책이라고 할만한 것이 없었다. 대신 세상의 지식은 라디오가 전해주었다. 아마도 '재치문답' 시간이었던 것 같다. 어느 순간의 장면에서 한국남 박사가 소월의 시를 한 수 읊었을 것이다. 그렇게 세상을 배웠던 소년은, 아버지가 산골로 버스를 끌어오기 위해서 닦은 신작로를 따라 넓은 바다로 가는 꿈을 꾸었다. 생활이었던 바다는 나에게 시를 쓰라고 했다. 그런데 바다는 원근법의 시각으로 담아지지 않는 세계였다. 그때는 소월을 잊고 있었다.

민속과 무속이 살아 있던 고향에서 나는 주변인이었다. 이전의 세계에도 새로운 세계에도 속하지 못한 경계인이었다. 내 안의 식민주의자라는 허위의식에 들떠 있었다. 떠돌이였다. 깨어진 사금파리였고 불구였다. 이후로 나의 독서는 그런 편력이었다. 종잡을 수 없이 표류했다. 배를 탔다. 그리고 뭍에서 밀려난 자로서 살아가야만 했다. 거꾸로 살기로 작정했다. 현실에서 도피하지 않았노라고, 그냥 무시해 왔을 뿐이라고 자신을 설득했다. 쓸쓸하고 슬픈 여정이었다.

어느새 소월을 닮고 있었다.

　그러다 30대 후반에 시력이 나빠지기 시작한 후에 점차 청각, 후각이 쇠퇴했다. 그중에서도 후각을 잃어버린 것은 치명적이었다. 흐릿해진 세상에서 혼자 헤맸다. 손을 내밀었다. 그나마 남아 있어 위안이었던 촉각을 통해 내가 애써 소외시켰던 원초성의 세계로 가보고 싶었다. 늦게나마 신화와 전설을 재해석해 보려고 했다. 구원의 땅은 아니라도 낯선 곳으로 갈 수는 있겠다 싶었다. 그래서 다른 감각을 찾았다. 감각을 살려 내는 무기로 시를 택했다. 우선 뭍에서 물로 팔려 간 심청을 노래하고 싶었다. 바다로 걸어 들어간 수로부인이 궁금했다. 처용보다는 처용부인이 중요해졌다. 강변에 살고 싶었다. 소월이 그림자처럼 드리우고 있었다.

　바다를 떠돌면서 나를 지탱해 온 것은 연실 같은 시였다. 시는 놓아주었다가 감아 들여야 하는 얼레였다. 문청(文靑) 시절을 헐겁게 지내고 나서, 늦은 나이에 다시 시를 붙들게 된 것도 소월의 시가 바로 그 얼레 역할을 해왔기 때문이라고 생각한다. 근대 문명의 초기에 경계인으로 살 수밖에 없었던 소월은 소리가 곧 형식이었다고 한다. 그 소리가 담아낼 냄새를 찾아가는 행위, 그것이 그의 시였고, 그렇게 그의 고독을 리듬으로 내면화한 시인이었다고 한다. 소월 시의 리듬은 봉건과 근대를 연결하는 리듬이었다. 뫼비우스의 띠였다.

　어느 순간, 내가 습작해 온 시들에 어려서 읽고 읽어서 몸에 익힌 소월의 "군센 운율"이 담겨 있음을 발견한다. 내가 살아 내려고 하는 바다는 소월의 운율로만 가능할 거라는 예감이다. 잃어버린 감각을 되살리는 길을 소월의 시에서 찾으려고 한다. 아무 생각 없이 손을 번쩍 들었던 순간이 『소월 시집』이라는 운명적인 책을 만나 바다를 살아 내는 나의 시집으로 마무리되는 순간으로 이어질 것이다. 여자-바다의 냄새를 두 손으로 만져 내고자 한다. 소월이 내게 남긴 유언이다.

책을 돛 삼아
갈바람을 기다리다

박경자

사회학자 정수복은 책 읽기 중독의 위험성을 경계하면서 "삼라만상이 다 문자요, 책이다. 삶이 곧 독서다."[2]라고 했다. 예전은 물론이거니와 현재도 책 중독과는 거리가 멀지만, 책을 돛 삼아 인생의 바다를 항해하고 있는 나에게는 울림을 주는 말이다.

어린 시절, 책은 구경하기조차 힘들었고 사방천지 놀거리였다. 오솔길의 풀과 꽃, 돌멩이와 흙을 장난감 삼아 친구들과 노느라 하루해가 짧았다. 잠자리, 나비를 쫓아다니고 매미를 잡으러 섬벚나무에 올랐다. 대자연의 놀이터에서는 글자나 셈이 필요 없었다. 나는 비와 바람과 햇빛 속에서 밭작물처럼 쑥쑥 자랐다. 어느 해 겨울, 학교 문턱에도 가 본 적이 없는 엄마가 겨우 자신의 이름 정도나 쓸 줄 아는 실력으로 내게 글자를 가르쳤다. 이름 석 자를. 그리고 학교에 갔다. 교과서를 받았다. 내 인생 최초의 책이었다. 달력으로 정성껏 표지를 입히고 부지런히 읽었다. '영희, 철수, 바둑이' 문장으로 시작해서 '토끼와 거북이, 개와 고양이, 청개구리' 이야기를 읽고 또 읽었다.

읽는 재미에 빠진 나는 휴지로 쓰이던 책을 읽느라 변소에 오래 머물렀다. 제목은 생각나지 않지만 '아기가 죽었는데 조사를 해 보니 백일 기념 목걸이 때문에 질식사했다'와 같은 내용이 어슴푸레 기억난다. 읽기를 마치면 그 부분을 찢어 손으로 비벼 뒷마무리를 했다. 돌배나무 하얀 꽃이 나비처럼 변소로 날아들었다. 2단 세로쓰기의 깨알 같은 글자 덕분에 콧등에 침을 바르며 저린 발을 폈다. 시커먼 양장본 표지와 철 지난 달력, 누런 종이 포대만이 변소에 남았다. 더이상 읽을거리가 없었다. 고무줄놀이와 자치기가 시들해질 무렵 눈이 왔다. 친구들과 비탈밭에서 비료 포대로 썰매를 탔다. 추위에 지치면 꽁꽁 언 몸을 녹이려 우리 집 사랑방으로 우르르 몰려갔다. 일철인 봄에는 머슴이 잠을 잤고, 육지에서 오징어잡이 온 아저씨가 여름철에 머물던 사랑방은 겨울에는 우리들 차지였다.

벽과 천장을 농민신문으로 도배한 사랑방은 글자들로 넘실거렸다. 우리는 이불을 덮고 나란히 누워 글자 찾기 놀이를 했다. 한 명이 '감자'라고 외치면 나머지 아이들의 '감자' 찾기로 이불이 요동쳤다. 누군가 먼저 글자를 찾아 손으로 가리키면 다음 단어가 꼬리를 물었다. 누워서 시작한 놀이는 글자를 찾기 위해 하나둘 일어나서 벽에 달라붙어 옥신각신하다 지치면 끝이 났다. 가끔씩 자물쇠로 굳게 닫혀 있던 학교 도서실 문이 열렸다. 낡은 책의 먼지를 털고 반공 독후감을 썼다. 우리 집 변소 책보다 재미없었다. 중학교 때도 국민학교 시절과 크게 달라지지 않았다. 독후감 숙제를 위해 몇 권의 책을 억지로 읽었다. 고등학교 때는 교과서 밑에 김홍신 작가의 『인간시장』, 제목도 기억나지 않는 만화, 로맨스 소설을 펼쳐 놓고 읽다가, 그 책으로 선생님께 머리를 맞곤 했다. 책을 읽었다고 말할 수 없는 십 대를 보냈다.

스무 살, 대학교 신입생 오리엔테이션에서 중앙도서관을 만났다. 엄청난 양의 책들과 분위기에 압도되어, 벌어진 입이 다물어지지 않았다. 내가 전공한 도서관학의 실체를 본 날이었다. 가슴이 뛰었다. 과제 때문에 자주 도서관을 들락거렸다. 대충 과제를 끝내고 문학실 서가를 돌며 손에 잡히는 대로 책을 뽑아 들었다. 서양 고전에서부터 대중 소설까지 마음 가는 대로 읽었다. 어렸을 때 자연의 놀이터에서 뛰어놀던 즐거움을, 문학책을 읽으며 누렸다. 도서관 문을 나서면 파도에 흔들리는 배 안에 있는 것처럼 멀미가 났다. 80년대 중반, 대학 캠퍼스는 민주화 운동의 열기로 가득한 용광로였다. 대자보로 도배된 벽과 문은 출구가 보이지 않았다. 최루탄과 화염병이 난무했다. 한 치 앞도 보이지 않았다. 어디로 가야 할지 막막했다. 폐 속까지 침투한 최루탄 가스가 눈물, 콧물로도 빠지지 않는 날이면 도서관 사회과학실 구석 자리에 앉아 있곤 했다. "학우여 동참하라"라는 목소리가 확성기를 타고 도서관을 뒤흔들면 속이 울렁거렸다. 혼돈의 바다 어디쯤 닻을 내려야 할지 몰라 서가를 돌고 돌았다.

서른에 어린이책을 읽었다. 섬에서 읽을거리라곤 교과서가 전부였던 어린 시절, 내 또래 도시 아이들이 즐겨 읽었던 70년대 서양동화였다. 위험에 처한 예쁜 공주를 잘생긴 왕자가 구하러 온다는 이야기에서부터 유산 상속, 귀족 이야기 등으로 건강한 삶과는 거리가 멀었다. '세계명작전집'이라고 모아놓은 수십 권의 책들은 서구 열강이 다른 나라를 침략하여 원주민을 죽이고 땅을 빼앗는 행위를 당연시하는 이야기가 대부분이었다. 흑인, 인디언, 유색인종은 열등하고 백인만이 우월하다는 민족 우월주의를 노골적으로 드러냈다. 책을 읽지 못했던 어린 시절의 아쉬움은 사라지고 다행이라는 생각이 들었다. 대자연의 놀이터에서 놀았던 어린 시절에 감사했다.

돌이켜보면 책은 애인이었고 벗이었고 스승이었다. 책을 다루는 일을 직업으로 하면서 "돈과 자기만의 방"[3]을 마련했다. 때때로 위로받았고 즐거웠으며 행복했다. 나는 지금 책을 돛 삼아 고향 울릉도를 찾아가는 항해 중이다. 갈바람을 기다린다.

저녁 무렵 학교 정문을 빠져나와 어머니랑 석양 길을 걸었다. 비포장도로를 함께 걸어가는데 서녘 하늘 발간 놀이 어머니 얼굴에도, 주황색 한복 곳곳에도 곱게 곱게 앉았다. 가만히 생각해 보면 어머니는 학교에 오셔서 그냥 쑥스럽게 웃으실 뿐 말씀을 거의 하시지 않았다. 그렇게 도로를 나란히 걷다가 갑자기 날 내려다보며,

"야~야! 니는 우째 그래 아는 기 많노?"

그날부터 『박씨전』, 『사씨남정기』 등등을 줄기차게 읽고 또 읽었다. 어머니께서 큰 리액션과 함께 칭찬해 주시던 겨울밤 그날들이 서럽도록 그립다.

최선길 '야~야! 니는 우째 그래 아는 기 많노?' 중에서

첫 책을
기억하나요?

황선화

'첫'의 울림은 크다. 첫사랑이 오래 마음에 머물고 머리가 희끗해진 뒤에도 아련한 건, 오로지 '첫'이기 때문이리라. 내게 첫 책이 그런 대상이길 바라는 마음이 컸던 걸까. 종종 생각할라치면 아쉬움이 먼저 일었다. 인생 첫 책이 그럴싸하지 못하다는 자각, 성년이 되어 내 손으로 들인 첫 책이 이를테면 고전으로 분류되는 책이라면 좋았을 텐데 하는 안타까움이었다.

직장 생활을 하던 이십 대, 한 달 급여 중 교통비와 약간의 여유를 더한 내 몫은 5만 원이었다. 한 달을 살아 내기에 빠듯한 용돈으로 책을 사는 건 엄두가 나질 않았다. 용케 한 권씩 더해 간 건 얇은 두께의 시집 몇 권이었는데, 취향이나 안목이 아닌 시절의 인기를 얻는 작품들이었다. 소심한 독자의 과감한 선택이 오래 남은 것인지 모르겠으나, 내돈내산의 첫 소설은 시드니 셸던의 작품이었다. 한 모임에서 실토한 적이 있지만 하필이면 그 책이라니, 큰맘 먹고 구입한 첫 책, 인생 첫 책이 한 시대에 유행하는 책이었다는 것에 늦은 후회를 하곤 했다.

건방지기 이를 데 없는 태도라는 건 차치하고, '인생 첫 책'이라는 이름으로 오래 남을 것에 대한 의미를 부여했더라면 달랐을까 싶은 것이다. 하지만 장담할 수 없다. 고전에 대한 인식조차 부족했으니 그 시절 빌려보던 책들의 범주에서 크게 벗어나지 않았을 것이다. 다만 그 책을 구입하기 위해 몇 번을 고심했던 기억은 남아 있다. 이십 대를 지나던 어느 때 그저 재미를 위해 책을 산 건 제법 배포 있는 소비였기 때문이다.

소설의 여주인공은 우여곡절 끝에 6살짜리 아이를 데리고 이혼을 선택하는, 홀로의 삶을 결정했다. 씩씩하고 당당하게 혼자 아이를 키우겠다는 결심을 하는데, 오래 그 모습을 떠올리곤 했다. 혼자서도 아이를 키우고 내 삶을 지켜나갈 수 있을 정도의 커리어를 가진 여성에 대한 로망이었을지도 모르겠다. 사실 늦은 아쉬움은 누군가에게 말할 때마다 든다. 남들에게 나를 보여 주고 싶은 욕구, 나를 포장하고 싶은 욕구일 터다. "인생 첫 책은 이거야"라고 말할 때 그럴싸해 보이고 싶은 마음, 그러니 순전히 허위의 마음이다.

작가에 대한 불손과는 별개이며 글쓰기의 수고를 생각한다면 더더군다나 불량하기 이를 데 없는 이 태도는 그저 '내돈내산' 첫 책에 대한 안타까움, 내 삶에 더하지 못한 인문적 감수성에 대한 아쉬움이다. 충장로 한복판에 있는 서점이 주된 약속 장소였으며 연말이면 나에게 주는 선물로 시집을 사곤 했는데, 왜 이 기억이 나를 사로잡고 있는지 모르겠다. 오래 간직하지 않을 걸 알면서도 산 불편함이었을까. 물건을 잘 버리지 못하는 나인데, 그 책은 책장에 없다.

다시 첫 책으로 돌아가 보자면, 사실 처음 만난 책은 초등학교 도서관 책이다. '농민신문'이나 화장품 방문판매 아주머니가 들고 오는 '향장'을 열심히 읽던, 교과서 외에 읽을거리가 많지 않던 시절이었지만 우리에게도 학교 도서관이 있었다. 근방 몇 개의 마을에서 모인 시골 초등학교는, 대각선으로 100미터 달리기 트랙을 그려야 하는 아담한 운동장과 마루 교실이 있는 2층 건물이었다. 1층 한가운데 교무실이 있었고, 그 옆 한 칸이 도서관이었다. 한쪽 벽면쯤을 채운 정도였을까. 헐렁한 책장이었지만 귀한 서고였다. 요즘은 위인전이라는 분류가 희미해졌지만 그 시절의 필독서는 위인전이었다. 나는 위축되었던 것 같다. 위인전 속 인물들을 따라가기엔 그들은 다른 세상 사람 같았고, 싹이 보이지 않는 실망감에 지레 움츠러들기만 했다. 학교에서 위인전을 권한 당초의 기대와 달리 나에겐 위화감만 남긴 건지도 모른다. 누군가는 위인전을 보고 그 모습을 따라하고자 노력했을 것이니 한계를 지은 건 나 자신이었지만. 스스로에게 제한을 두지 말라는 조언은 귓등으로 흐를 뿐, 여전히 나는 한계를 먼저 생각한다. 어쩌면 누구도 주지 않았을 자기 실망감은 그때의 위인전 때문일까. 그 시절에 주로 본 게 그림책이나 동화책이었더라면 조금 더 감수성 풍부하고 자존감 높은 아이로 자랄 수 있었을까.

두 번째 책장은 중학교 운동장 한쪽에 있던 작은 오두막 닮은 도서관이다. 초등 도서관에는 위인전이 주였다면, 중학교 도서관에서 빌린 책 중 기억나는 건 「감자」, 「표본실의 청개구리」 등이다. 그저 혼자 읽고 혼자 넘겨본 책장, 간혹 아찔한 묘사에 얼굴이 발개지곤 했다. 한국 근대 단편은 좀체 접할 기회가 없는 영역이라 꽤 의미 있는 독서 시기였다고 돌이켜 본다. 폼 나는 첫 책을 소환하진 못했지만 늘 특별한 책이 다가왔음을 안다. 책 속에서 마주치는 나를 발견하면서 내게 맞춤한 처방전을 들고 다음 책을 마중한다.

"야~야!
니는 우째 그래 아는 기 많노?"

최선길

저녁밥을 먹고 온 가족이 마루에 둘러앉아 담소를 나누었다. 무당인 작은 이모가 어느 집 굿이 끝나고 갖다준 배나 사과 같은 것을 먹으면서. 어머니 아버지는 나란히 앉아서 만면에 미소를 띠고 우리 3남매를 바라보았다. 우직한 큰아들은 들일한다고 하루 종일 피곤했겠지만, 기타를 가져와 '과수원길'을 연주했다. 둘째인 나와 막내인 여동생은 기타 연주에 맞춰 노래를 부르고 어머니와 아버지는 곁에서 박수로 장단을 맞추어 주셨다. 전형적인 농가에서 가난했지만 참으로 행복했다.

소년의 집은 가난했다. 식구 다섯이 살아가기엔 6마지기 1,200평 논으로도 부족했다. 큰외삼촌이 인근 마을까지 자전거를 타고 다니면서 소작 부칠 논밭을 구해 주었다. 아버지는 마을 이장을 하신다고 집안일을 제대로 하지 않고 어머니는 들판에서 새벽부터 해 질

때까지 일하시느라 온몸이 햇빛에 시커멓게 탔다. 아버지가 그렇게 가장 역할을 제대로 하지 않았지만, 어머니는 불평 한마디 하시지 않았다. 소년은 매일 새벽에 들에 나가 하루 종일 일하느라 고생하시는 불쌍한 어머니를 위해 공부하겠노라 굳게 맹세했다. 빨리 커서 어머니를 고난의 삶에서 벗어나게 해드려야겠다는 마음이 정말 강했다. 학교 문턱에도 가 보지 않았고, 글자도 전혀 몰랐지만 어머니는 교육에 관해서는 어떤 교육학자보다 훌륭했다. 내 군복무 제대 2개월을 앞두고 55세 너무나 아까운 나이로 가셨지만, 그날까지 단 한 번도 '공부하라'라고 하시지 않았다. 그렇지만 당시 시골 마을 전체에서 공부하느라 밤늦도록 책장을 넘긴 사람은 나밖에 없었다.

매월 치르는 시험에서 성적이 좋아 우수상을 받으면 3km여 시골 비포장길을 거의 쉬지도 않고 달려 집으로 향했다. X자로 단단하게 묶은 책 보따리가 헐렁해질 정도로 달려 집에 도착하면 아무도 없었다. 긴 들길을 따라 한참 걸어가면 어머니는 들에서 일하고 계셨고, 난 가져간 상장을 어머니께 드렸다. 글자를 전혀 모르지만 상장임을 단번에 알아채셨고, 내가 상장 내용을 읽어 주자 어머니는 환한 웃음을 지으며 나를 꼭 안아 주셨다. 흙냄새 땀 냄새 가득한 어머니 품속이라도 그냥 좋았다. 월례고사를 대비하여 밤늦게까지 공부를 하는데, 우연히 작은 방 책상 위 책꽂이에서 『조웅전』이 포함된 책을 발견했다. 일명 똥종이라는 누런 종이에 인쇄된 서사는 어린 나의 마음을 꽉 잡았다. 그날 밤을 꼬박 새우면서 그 책을 읽었다. 특히 『조웅전』이 마음에 들었다. 그 후로 틈만 나면 『조웅전』을 읽고 또 읽었다. 그리고 어머니와 들판에서 일을 할 때는 바로 옆에 쪼그리고 나란히 앉아 호미로 보리밭을 김매면서 『조웅전』 이야기를 들려 드렸다. 어머니가 너무 좋아해서, 다시 또 읽고 내 깜냥을 최대한 동원하여 더 재미있게 풀어 설명했다.

밤공기도 서늘한 초저녁 6월엔 마을 아지매들이 우리 집 마루에 모여 앉았다. 어머니가 얼마나 자랑을 했는지, 저녁밥을 얼른 먹고 모인 아지매들 앞에서 『조웅전』 이야기를 펼쳤다. 평소에도 우리 집 마루엔 사람들이 모여 음식과 함께 담소를 나누었지만, 그날은 유난히 아지매들이 많이 모였다. 아지매들은 단술 같은 음료수와 과일, 그리고 떡을 마루에 놓고 둘러앉아 내가 풀어내는 이야기에 집중했다. "우리나라가 아니고 아주 먼 옛날 중국 송나라 문제라는 임금 때의 이야기예요. 나라에 공이 많았던 충신 좌승상 조정인은 음독자살하는데, 모든 것이 당시 간신인 우승상 이두병이라 하는 사람이 임금한테 조정인에 대해 나쁘게 말했기 때문이었지요. 참! 그전에 주인공 조웅의 나이가 일곱 살이었을 때 천자가 조웅을 궁중으로 불러들여 태자와 함께 지내게 했거든요. 태자와 조웅은 동갑이었고 사이가 좋았어요. 간신 이두병은 5형제를 두었는데, 이놈들이 하나같이 나쁜 놈들이고 벼슬은 대단했어요. 이놈들이 자기들 아버지가 나쁜 소리해서 조승상이 자살했으니 조승상 아들 조웅이 원수를 갚으려고 할까 두려웠겠지요~"

『조웅전』이야기를 풀어나가자 아지매들이 큰 박수를 치기도 하고, 안타까운 순간에는 동시에 한숨을 쉬며 내 이야기에 깊이 빠져들었다. 어떤 땐 다른 책 내용도 섞여 들어가서 나 스스로도 헷갈리기까지 했다. 아지매들은 연신 박수를 치고 재미있어했다. 그리고 조선 시대의 다른 소설을 들려 달라고도 졸랐다. 나중에는 내가 자리에서 일어나 방 한쪽 벽에 붙어 서서 정말 열심히 소설 내용을 들려주었다. "니는 나중에 크면 꼭 선생님이 될끼다. 아지매는 좋겠다. 야~가 아는 기 많아서"라고 아지매들이 예언을 했다. 어머니는 사과를 깎으면서 나와 아지매들을 번갈아 바라보며 만면에 미소만 지었다. 아지매들의 예언대로 나는 선생님이 되었다.

심지어 학교에서 친구들 앞에서 『조웅전』이야기를 하기도 했다. 우리 동네 아지매들이 각자 집으로 돌아가 내 이야기를 했고, 그 집 아이들이 학교에 소문을 내는 바람에 다른 동네 아이들도 알게 되었다. 학교 수업 끝나고 쉬는 시간마다 친구들이 내 자리 주위에 몰려와서 이야기를 들었다. 친구들에게 좀 더 상세히 이야기를 해주려고 『조웅전』을 또 읽었다. 나를 유난히 좋게 봐주신 선생님이 교무실에 데려가 선생님들께 칭찬해 주기도 하셨다. 어떨 때는 수업 시간에 선생님께서 아이들 자습을 시켜 놓고, 나를 앞으로 나오게 해서 이야기를 하도록 시키시기도 했다. 처음엔 쑥스러워 말이 잘 안 나왔지만, 시간이 갈수록 익숙해지고, 가정 방문을 오신 담임 선생님이 어머니께도 학교에서 있었던 일을 상세하게 전해 주셨다.

학교 대표로 달성군 고전 읽기 경시대회에 참석하게 되었다. 대회 며칠 전 학예회 행사에 참석하기 위해 어머니가 낡은 주황색 한복을 입고 3km여 시골 비포장길을 걸어서 학교에 오셨다. 교실 한가운데 의자에 담임 선생님과 나란히 앉아 우리 반 합창곡 '고향의 봄'을 들으며 오직 나만 바라보셨다. 번듯한 차림이 아니었어도, 다른 어머니들이 가운데 자리를 권하며 "공부 잘하고 효성이 지극한 아들 두어 참 좋겠습니다."라고 칭찬하자 어머니께서 오히려 쑥스러워하셨다.

어머니 살아생전 단 한 벌뿐인 한복이었다. 옷 솔기가 해지고, 색깔도 군데군데 바랬다. 난 어머니 손을 꼭 잡고 교장실로 먼저 가서 박중쇠 교장 선생님께 함께 인사를 드리고, 곧장 교무실로 가서 여러 선생님과 한 분 한 분 모조리 인사를 나누게 해 드렸다.

"우리 엄마입니다."

교장 선생님께서 나를 놓고 "우리 학교 조웅전 박사"라고 칭찬하시고 며칠 뒤에 달성군 고전 경시대회에 나간다는 이야기까지 들려주셨다. 그리고 교무실 선생님들은 모두 어머니와 인사를 나누면서 나를 한껏 치켜세웠다. 친구들에게 『조웅전』 이야기를 정말 잘해 준다고 말하면서 어머니가 아들을 잘 키웠노라고 보탰다. 저녁 무렵 학교 정문을 빠져나와 어머니랑 석양 길을 걸었다. 비포장도로를 함께 걸어가는데 서녘 하늘 발간 놀이 어머니 얼굴에도, 주황색 한복 곳곳에도 곱게 곱게 앉았다. 가만히 생각해 보면 어머니는 학교에 오셔서 그냥 쑥스럽게 웃으셨지만, 말씀을 거의 하시지 않았다. 그렇

게 도로를 나란히 걷다가 갑자기 날 내려다보며,

　"야~야! 니는 우째 그래 아는 기 많노?"

　그날부터 『박씨전』, 『사씨남정기』 등등을 줄기차게 읽고 또 읽었다. 어머니께서 큰 리액션과 함께 칭찬해 주시던 겨울밤 그날들이 서럽도록 그립다.

나에게 질문을
던져 준 첫 책

김경옥

간밤에 내린 봄비로 인해 발에 밟히는 땅이 폭신하다. 겨우내 얼어붙어 있었던 밭두렁 가에도 파릇파릇한 풀들이 빗물을 머금고 있다가 갓 여덟 살이 된 가시내의 가벼운 발걸음에 화답하듯 사방으로 흩어진다. 내일모레면 사하국민학교 신입생이 되는 아이는 한껏 마음이 들떠 있다. 부모님이 장만해 준 새 가방을 몇 번이나 메어 봤다가 고이 모셔 놓았는데, 오늘 내일이 빨리 지나야 그 가방을 메고 학교에 갈 수 있다. 왜 하필 삼일절은 빨간 날일까?

초등학교 입학 전, 내가 느꼈던 감정들이 한 번씩 떠오른다. 학교에 가는 것을 얼마나 기다렸던지 그때 그 느낌을 글로 써보니 어렴풋하면서도 선명하다. '나, 너, 우리' 맨 처음 교과서에 나오는 글자는 '철수'와 '영희' 삽화와 함께 지금도 잊히지 않는다. 한 학년씩 올라가면서 점점 오빠들 방에 있는 책들이 눈에 들어오기 시작했는데, 책장에 몇 줄씩 꽂혀 있던 한국단편소설전집이나 세계고전소설선은 하릴없이 오가며 눈길을 주는 대상들이었다. 책등의 제목들을 훑는 것만으로도 왠지 마음이 부자가 된 것 같았다. 수업 시간에 들었던 「감자」, 「배따라기」, 「봄봄」 등 단편소설들과 『데미안』, 『제인 에어』, 『차타레 부인의 사랑』 등 세계 명작들을 한 권 한 권씩 뽑아서 다락방에 올라갔다. 하드커버의 책을 펼칠 때 차례로 나타나는 세로줄의 책 제목, 목차, 첫 장을 보고 있으면 나만의 새로운 동굴로 들어가는 기분이었다.

중학생까지는 그나마 짬짬이 책 읽기를 했지만, 고등학생이 되어서는 대학 진학 문제로, 대학생이 되어서는 직업에 대한 고민으로 독서에 몰입하지 못했다. 졸업 후 2년여의 공백을 보내고, 공공도서관 사서가 되었지만 정작 책 읽기에는 소홀했었다. 그나마 조안 리의 『스물셋의 사랑 마흔아홉의 성공』만큼은 인상 깊게 읽은 기억이 있다. 서강대 신입생이었던 조안 리와 그 학교의 미국인 신부 길로연은 사제지간이었다. 두 사람의 나이는 스물여섯 살이나 차이가 났고 길로연은 신부였기에 결혼을 할 수 없었지만, 조안 리는 체념하지 않고 로마 교황청에 탄원을 넣으면서까지 사랑을 이루었다. 사랑을 쟁취한 후 자신의 일에서도 열정을 바치는 조안 리에 나는 매료당했었다. 세상 모든 일에 열정적이지 못했던 나에 비해 조안 리는 너무나 눈부신 여성이었다.

독서는 나의 부족한 면을 채워주고, 갈증을 잠재워 주는 마법의

약이었다. 저자의 글이 나를 강력하게 끌어당기는 책을 만나지 못하면 끝까지 완독할 수 없었다. 20대 중반 즈음, 겉으로 보기에 결혼을 하고 직장도 얻어서 평범하게 살아가는 듯했으나, 속으로는 삶의 좌표를 잡지 못해 늘 갈망의 바다에서 허우적대고 있었다. 30대가 되었을 무렵에는 무기력의 늪이 점점 깊어져 도서관 자료실에 앉아 있는 것 자체가 고역이었다. 안정적인 직장이 감옥으로 여겨졌고, 책 읽기에도 몰입이 되지 않았다. 그런데, 우연히 서가에서 한 권의 책 제목이 눈에 띄었다.

『나는 누구인가?』

책을 펴들었다. 저자는 임현담이었다. 책장을 휘리릭 넘기면서 눈길 닿는 대목마다 심장에 와닿는 글귀들이 많았다. 그는 방사선과 의사임에도 매년 히말라야를 순례하는 사람이었다. 일상에서 허우적대는 자신을 히말라야 순례를 통해 진정한 자아를 찾아다니는 사람이었다. 한 발 한 발 히말라야를 오르며 내가 누구이며, 나는 어디서 와서 어디로 가고 있는가를 자문자답하고 있었다. 돌이켜 보니, 임현담의 이 책이야말로 내가 진정한 마음으로 독서에 집중할 수 있었던 첫 책이 아니었을까 하는 생각이 든다.

그럼에도 나의 질문은 계속되고 있다. 나는 잘 살고 있는 것일까?

중국 근현대사에
빠지다

신상균

나의 관심을 중국 근현대사로 돌리게 하고, 그 속에서 한참을 노닐게 하고, 궁금증과 지적 호기심을 발동시켜 자기영역의 확장을 꾀하게 했던 책이 있다. 바로 장융의 『대륙의 딸』이다.

이 책은 청조 말기부터 일본의 만주 점령, 모택동의 공산혁명과 문화 대혁명 등에 이르는 격동의 세월을 살아온 저자의 외할머니, 어머니, 그리고 작가 자신인 중국 여인들의 파란만장하고 생생한 삶의 기록이다. 문화 혁명기의 참상은 역사의 교훈으로 삼아야 한다. 책은 중국 인민 속에 살아 숨 쉬는 공산당의 순수한 혁명이 어떻게 퇴색되어 가는지를 리얼하게 보여준다. 자신이 옳다고 믿는 것들에 대한 좌절도 그려져 있고, 그것을 뛰어넘는 희망도 남겨둔다. 사실에 입각한 서술로 생생한 묘사를 한 비소설 같은 느낌도 준다.

작가는 순수했던 공산당원인 아버지와 어머니가 몰락하는 과정을 보여 주고, 인생의 의미와 혁명의 의미를 생각하게 한다. 모택동은 대장정 이전부터 노선 투쟁 과정에서 인지했던 우파지식인들에 대한 불만이 남았는지 결국 자신들의 기득권을 유지하기 위해 계급의 적을 만들어 서로 증오하게 하고 분노하게 하여 처단하는 방식을 택한 것 같다. 대약진운동으로 기근에 허덕이는 인민을 살려내는 주자파들의 등장을 달가워하지 않는 협소한 리더십을 보인다. 이후 문화대혁명 때 그 말썽 많은 지식인들을 제기한다. 가까이는 백화쟁명(百花爭鳴)으로 비판을 허용할 때 날뛰는 지식인에 대한 1차 보복이었다.

책을 통해 곳곳에 숨어있는 중국 근현대사의 파란만장한 사건들을 생생하게 접하는 계기가 되었다. 교사였던 시절에 한 겨울 방학은 이 책으로 끝나지 않고, 참고 문헌을 중심으로 심화 학습하듯이 공부했고, 그렇게 줄기차게 사회과학에 빠져들었다. 30일 넘게 책을 통해 중국 근현대사 및 중국 고대 철학, 중국의 전반적인 역사와 인물들까지 폭을 넓혀갔다. 아울러 중국 문학 서적도 읽게 되었으니 실로 감사할 뿐이다.

이 가운데 가장 인상 깊은 책들을 소개하면 다음과 같다. 솔즈베리의 『대장정: 작은거인 등소평』, 레이 황 『중국 그 거대한 행보』, 『허드슨 강변에서 중국사를 이야기하다』, 『중국의 출로』, 에드거 스노우 『중국의 붉은 별』, 그의 처가 쓴 『아리랑』 등이다. 모택동 사상 서적도 읽어 냈으며, 존 킹 페어뱅크의 『신중국사』, 이산출판사의 묵직한 중국 관련 전문 서적도 마구잡이로 읽었다. 그 이후로도 삼국지 평론 서적과 각 왕조의 독특한 인물들과 모택동 시절의 동료인 팽덕회 장군 이야기와 주덕평전과 주은래 책도 읽었다. 중국의 근현대사에서 드러난 청나라의 몰락 과정, 장제석과의 싸움, 대장정 사건, 국공합작 등은 드라마와 같을 정도이다.

그 당시 중국 공산혁명이 성공하지 못했으면 중국은 55개 부족으로 나뉘어 산산조각이 났을 것이고, 중국식 공산주의 혁명이란 점에서 당시 소련과는 다른 점이 있다. 모택동은 중국 고전을 손에 놓지 않고 그 민중의 지지를 얻기 위해서 노력했던 자였다. 게릴라 전술들도 민심을 얻어야 한다는 점을 명확히 하고 있으니, 모택동의 『모순론』과 『실천론』 등도 철학 서적으로 눈여겨볼 만하다. 현대에 와서 중국은 동북공정이나 서북공정처럼 중국 국경 안에서 전개된 모든 역사를 중국 역사로 만드는 일을 서슴지 않고, 탄압도 하고 있다. 티베트의 점령이나, 위구르족의 탄압 같은 것을 보면 반드시 성공만 있는 것은 아니다. 또 아무리 혁명에 성공했다고 해도 그 이후까지 보장받는 것은 아니다. 끝까지 나라를 혁신하지 못하면 다시 위기가 닥친다. 말을 탄 혁명은 성공하였지만, 평시의 혁신은 성공하기 어렵다.

역사는 사건을 통하여 반복한다. 통렬히 반성해야 할 때, 반성하지 않고 그 극한에 치달으면 전복되는 것이다. 최저점을 쳤으면 반드시 올라온다는 진리를 다시 한번 생각한다. 이른바 물극필반(物極必反). 즉 사물의 전개가 극에 달하면 반드시 반전한다. 궁즉변 변즉통

통즉구(窮則變 變則通 通則久), 지극한 곳에 이르면 곧 변하고 변화하면 통한다. 통하면 오래간다. 그래서 역사는 사건을 통하여 반복한다.

러시아 문학에 심취했던 그때는 한창 감수성이 예민했고, 문학 소년을 자처하며 쏘다니기 좋아했다. 학교 공부는 남이 되었던 시절, 선배들과 작은 문학 서클을 만들어 삶을 얘기하고 문학의 밤도 열어 자작시 낭독도 하곤 했다. 인텔리겐치아라는 말이 좋았을까?

어쩌면 루딘의 성격이 지금 나의 자화상처럼 느껴지기도 한다. 그래서 일까? 나는 한 가지 꿈이 있다. 시베리아 횡단열차를 꼭 타고 싶다. 블라디보스토크에서 페테르부르크까지 일주일이 걸린다고 한다. 여행할 때 나는 낙엽 지고 눈 내리는 넓은 벌판을 즐겨본다. 내 최애 영화, 〈닥터 지바고〉의 한 장면 같은 상상을 해 본다.

김종훈 '왜 그때 러시아 소설에 매료되었을까' 중에서

반려견 목줄과
만화

이준영

조깅은 매력적이다. 처음에는 배를 찌를 듯한 고통이 와서 얼마 뛰지 못하나 점차 뛰는 거리가 길어진다. 복통이 와도 참고 뛰면 얼마 안 가 거짓말같이 아픔이 사라진다. 그렇게 마라톤에 재미를 들였지만, 도저히 해결할 수 없는 일이 생겼다. 자신의 문제라면 해결책을 찾겠지만, 외부가 원인이라면 지난한 과제가 아닐 수 없다.

바로 목줄을 묶지 않는 반려견이 그 난제의 주인공이다. 개 주인들이 개에게 자유를 주기 위해서인지 길거리에서 풀어놓기 일쑤다. 요놈들은 평소에 조용히 걷다가도 무언가 움직이는 짐승을 보면 사냥 본능을 발휘해 그 목적물을 향해 달려든다. 그러니 달리기를 하는 내가 졸지에 그 짐승이 되고 마는 것이다. 개들이 나를 향해 오면 피가 머리 위로 팍 쏠리는 걸 느낄 수 있다. 그 순간 두개골이 두피와 분리되는 경험을 하게 된다. 쉽게 말하면 뇌가 덜렁덜렁하는 기

분이 되는 것이다. 머리 크기에 맞지 않는 헬멧을 쓰고 구보하는 꼴
이다. 사극에서 분장이 서툴러서 흔들거리는 투구에 무딘 창을 들
고 뛰는 엑스트라나 다름없다.

규칙적인 호흡과 적당한 땀으로 인한 조깅의 쾌감을 버릴 수 없
어 꾹 참지만, 그런 일이 반복되면 그냥 넘어갈 수만은 없지 않은가.
달리기를 그만두고 개 주인에게 항의한다. 하지만 그 사람은 별 희한
한 사람을 본다며, 개를 가슴에 안고는 가다가 다시 길 위에 반려견
을 놓곤 했다. 그렇다고 따라가면서 나무랄 수도 없는 일이니, 낭패
가 아닐 수 없다. 들고 다니는 개 목줄은 패션에 불과한 것인지. 개
목에 묶지 않을 거면 들고 다니지나 말지.

나는 개도 아니었는데 개 줄을 목에 건 적이 있다. 어릴 적 우리
집은 동네에서 점방을 했다. 어머니는 어디 급한 데 가실 때면 나에
게 가게를 맡겼다. 어무이가 집을 비울 때만 기다리던 나에겐 가게
는 방해물이 되지 못했다. 모친의 궁둥이가 시야에서 사라지기가 무
섭게 만홧가게로 내달았다. 워낙 만화에 집중해서인지 일어서며 어
지럼증이 일어나기도 했으니, 그 사랑의 강도를 어찌 더 설명하랴.

세상이 어찌 되는지도 모르고 그리 집중하고 있을 때, 뒷덜미를
잡고 나를 질질 끌려는 어떤 힘을 느끼게 된다. 그때도 만화를 손에
쥐고 있었는지, 아닌지는 기억이 나지 않는다. 그 힘의 주인공은 바
로 어머니이지 누구일까. "이놈의 손이 가게 보랬더니, 그새를 못 참
아 가게를 텅 비우고. 아이구 못 살아. 누가 돈 통 훔쳐 가면 우짤라

꼬". 어머니는 나를 가게로 데려가서 목줄을 묶었다. 다시는 만홧가게 가지 않겠다고 약속할 때까지였다. 까짓거 그런 약속이야 백 번을 넘게 할 수 있었다. 약조하면 금방 풀어주었으니, 목줄을 목에 건 횟수를 셀 수 없을 정도다. 목줄이 풀리면 다시 만화방으로 달려갔다.

만화 보기를 독서라고 할 수 있을까. 이런 얘기가 대우독서회가 내는 작품 '독서의 계기가 된 책'의 내용이 될 수 있을까. 그런 의문이 없지 않으나 어쩌겠는가. 만화도 '종이를 여러 장 묶어 맨 물건'이라는 책의 사전적 정의에 들어맞으니 아주 엉뚱한 건 아니라고 생각한다.

오늘도 강변을 뛴다. 또 나를 짐승으로 알고 달려오는 강아지가 있다. 다시 머리에 맞지 않는 헬멧을 쓰고 구보를 한다. 저놈의 개 엄마는 우리 엄마보다 못하다. 왜 개 목줄을 묶지 않나. 그렇지 않으면 저 개는 공부는 안 하고 맨날천날 만화만 볼 텐데.

왜 그때 러시아 소설에
매료되었을까

김종훈

옛 기억을 찾아가는 건 즐겁기도 하지만 모든 걸 확실히 떠올릴 수 없는 어려움도 있다. 그래도 곰곰이 생각해 보면 느낌이 살아나고 기억의 편린이 떠오르니 학창 시절을 회고해 보는 즐거움을 누릴 기회가 주어진 것이 감사하다.

1968~1969년 무렵 전남 순천의 남교 오거리에는 헌책방이 3곳 있었다. 중학교 3학년 때인가 고등학교 1학년 때, 나는 그곳을 자주 들락거렸다. 시골 벽지에서 도회지로 유학 온 학생에게 용돈이 여유롭지는 않았지만, 그래도 헌책방을 드나들며 눈요기도 하고 부족한 주머니에서 값싼 문학지도 사서 처음부터 끝까지 읽어 치우곤 했던 것은 지금 생각해도 참 신기하다. 현대 문학지를 그렇게 수십 권 읽었을 즈음에는 단행본 소설이 눈에 띄기 시작했는데, 제일 먼저 읽었던 책이 투르게네프의 『루딘』이다. 한국 장편도 아니고 외국의 생

소한 작가의 잘 알려지지도 않은 작품이 눈에 들어온 건, 아마도 그 책방에 소설책이 그렇게 많지 않아 눈에 띄었던 것을 싼값에 구할 수 있어서였던 것 같다.

당시 소설, 교양서적은 세로쓰기 2단으로 활자도 적고 좁은 간격의 지면에 최대한 많은 글자를 넣는 상황이라 요즘 책하곤 중량감이 달랐다. 내 기억으로는 단행본 하드커버인데 유령 출판사에서 막 찍어 싸게 팔던 덤핑본이었을 것이다. 그때는 일본 책을 무단으로 많이 번역했고 그렇게 출판한 중역본이 많았다. 그런 영향이었는지 그 시절에는 투르게니프의 작품이 많이 번역되어 유통되었다. 6권짜리 전집도 나왔던 걸로 기억한다. 지금은 톨스토이, 도스토옙스키, 푸시킨, 고리키 등에 가려 그의 작품이 별로 눈에 띄지 않는다. 민음사의 세계 문학전집 중 80권에서 『첫사랑』을 만날 수는 있다.

투르게네프(1818~1883)는 제정 러시아 사회 제도에 적의를 품고 개혁하려고 노력한 귀족 인텔리겐치아다. 자신들만이 조국의 사회적·정치적 개혁을 위해 헌신할 사람들이라고 생각하였고, 5천여 명의 농노를 거느린 농장을 유산으로 물려받았으나 농노들을 모두 해방시켜 주었다. 그는 생의 대부분을 독일, 프랑스 등에서 살아 유럽을 잘 이해했고, 러시아에 유럽의 신사조를 전하기도 하였다. 괴테와 루소를 애독했고, 프랑스에 거주할 때는 메리메, 상드, 플로베르, 콩쿠르 등과 교류했으며, 졸라, 모파상의 후견인이기도 했다.

방황하던 젊은 시절 그는 공연차 러시아에 온 오페라 가수에게 사랑을 느꼈으나 유부녀인 그녀를 30여 년이 넘게 짝사랑하며 독신으로 살았다. 그래서일까, 그의 작품에는 깊은 우수가 흘렀다. 그리고 농장의 영향이겠지만 자연의 묘사가 일품이다. 그가 쓴 『사냥꾼의 일기』는 당시 러시아 황제의 농노 해방 선언의 계기가 되었다는 일화도 있다. 이외에도 『첫사랑』, 『아버지와 아들』, 『아아샤』 등의 작품이 있는데 그의 산문은 가장 러시아적인 표현이라고 알려져 있다.

『루딘』은 1856년 발표된 투르게네프 첫 장편소설이다. 주인공 루딘은 이상주의자이며 박학다식한 몰락 귀족, 무위도식자의 전형으로 표현된다. 무능하고 이론에만 밝아 우유부단한 인텔리겐치아이다. 부유한 지주의 딸 나탈리아 루딘이 주장한 이상에 눈을 떠 그와 함께 뜻있는 새로운 삶을 시작하였다. 하지만 루딘은 그녀 어머니의 반대로 낭패하고, 방랑의 길을 떠난다. 갖가지 실패를 거듭한 끝에 1848년 혁명 당시 프랑스 파리에서 희생된다. 이상을 말하고 현실의 변혁을 바라면서도 행동으로 옮기는 데는 무력한 것이 1840년대 이상주의의 모습이다. 나탈리아는 루딘에게서 환멸을 느끼나 그의 사상을 부정하지는 않는 면을 보여 준다.

그렇게 『루딘』, 『부자』, 『첫사랑』 등의 작품을 읽었던 것 같고 더불어 도스토옙스키의 『죄와 벌』을 비롯한 중단편을, 톨스토이의 『부활』, 『인생론』 들을 읽었다. 특히 8권짜리 톨스토이 인생론 전집을 많이 읽었던 것 같다. 그래도 『루딘』이 가장 오래 기억에 남는다. 러시아 문학에 심취했던 그때는 한창 감수성이 예민했고, 문학 소년을 자처하며 쏘다니기 좋아했다. 학교 공부는 남이 되었던 시절, 선배들과 작은 문학 서클을 만들어 삶을 얘기하고 문학의 밤도 열어 자작시 낭독도 하곤 했다. 인텔리겐치아라는 말이 좋았을까?

어쩌면 루딘의 성격이 지금 나의 자화상처럼 느껴지기도 한다. 그래서일까? 나는 한 가지 꿈이 있다. 시베리아 횡단열차를 꼭 타고 싶다. 블라디보스토크에서 페테르부르크까지 일주일이 걸린다고 한다. 여행할 때 나는 낙엽 지고 눈 내리는 넓은 벌판을 즐겨본다. 내 최애 영화, 〈닥터 지바고〉의 한 장면 같은 상상을 해 본다.

열네 살에 읽은
어른 소설

박정은

사람이 소설책을 읽으면서 느낄 수 있는 총체적인 감정을 휘몰아치듯 경험한 적이 있다. 초등학생 티를 겨우 벗고 갓 중학생이 된 지 얼마 지나지도 않은 시기였다. 우리 반에 오신 여자 교생 선생님이 자기소개를 하던 중, 감명 깊게 읽은 책이라며 『빙점』이라는 책을 추천하셨는데, 이내 다른 이야기로 넘어간 다음에도 왠지 내 머릿속에 꽂히고 말았다.

'빙점?' 어떤 책이길래? 초등 저학년 때 보던 그림책을 고학년이 되어서도 보았고, 집이나 학교에서 그저 손에 잡히는 책을 심심풀이로 봤던 것 외엔 이렇다 할 독서력이 없는 상태였지만 큰 호기심을 느꼈다. 그리고 그렇게 용돈으로 산 생애 첫 책이 일본 작가 미우라 아야코의 소설 『빙점』이 되었다. 지금 기억으로는 상, 하로 분리된 두 권이었고, 600쪽이 넘는 두꺼운 책이었는데도 스스럼없이 책장을 넘겼다. 아마도 그때까지 누군가에게 책을 추천받아 본 적이 없었고, 소설을 거의 읽어 본 적이 없던 터라 더 용감했던 것 같다.

먼저 생각나는 건, 책이 너무 재미있고 충격적이어서 몇 날 며칠 손을 뗄 수가 없었다는 것이다. 그림책 졸업하고 곧바로 만나 버린 어른들의 책은 읽는 데 시간도 꽤 많이 걸렸다. 등장인물 가운데 결정적인 세 사람인 나쓰에, 게이조, 요코의 이름과 개성은 세월이 흘러도 잊히지 않았다. 도대체 사람들의 마음속이 이렇게나 복잡한 건가 생각했고, 한참을 책에 빠져 지내면서 '이 책으로 인해 내가 뭔가 다른 사람이 될 것 같다'라는 막연한 생각도 가졌었다.

읽는 동안 몸이 떨릴 정도로 감당하기 어려운 감정에 휩싸이기도 했고, 기나긴 주인공의 독백인가 편지인가에서 눈물까지 흘리고 났을 때는 마음이 개운하게 정화되는 느낌도 받아봤다. 열네 살의 감성으로 읽은 어른들의 이야기는 인간이 과연 어디까지 잔인할 수 있고 얼마만큼 선할 수 있는지, 인간의 선과 악에 대한 최초 고민을 하게 했다. 시간이 한참 흐른 뒤 여러 서평을 접하고는 『빙점』에 이보다 더 심오한 메시지가 담겨 있다는 걸 알게 됐지만 적어도 그때 나에겐 그랬다. 그러니까 몰입감, 감정이입, 전율, 카타르시스, 감동을 중학교 1학년 때 만난 첫 소설로 다 맛본 셈이다. 정말 운명 같은 책이다.

소설 『빙점』은 1964년 일본 아사히신문의 1천만 엔 현상 소설 공모에 당선된 작품이다. 그리고 그해 12월부터 신문에 연재되었는데 반응이 너무 뜨거워 단행본으로 출간되었다. 우리나라에서도 해방 이후 번역된 일본 문학 작품 가운데 가장 반향이 컸던 소설로 꼽힌다. 『빙점』에 이어 『속 빙점』까지 스테디셀러가 되었고, 지금으로 치자면 무라카미 하루키와 비교할 정도로 큰 사랑을 받았다. 작가인 미우라 아야코는 결핵성 척수염이라는 고통스러운 병에 걸려 13년간 병상에서 사선을 넘나드는 시련을 겪었지만, 독실한 크리스천이 되어 기독교적 세계관이 담긴 작품을 평생 썼다. 『빙점』의 무대이자 미우라 아야코의 고향인 홋카이도 아사히가와에는 '미우라 아야코 기념문학관'이 있는데, 관의 지원 없이 오직 그녀를 사랑하는 독자들이 낸 성금으로 세워졌다고 한다. 그리고 지금도 마니아들의 필수 여행 코스로 알려져 있다.

책의 제목 '빙점'은 인간의 얼어붙은 마음을 상징한다고 하며 작품 속에 사랑, 배신, 복수, 용서 같은 인간의 보편적인 진실이 담겨 있기에 대중 소설로서의 재미와 순수 문학의 가치를 다 갖춘 탁월한 소설로 평가받고 있다. 언젠가 영화로도 나왔고 TV 드라마에 방영된 적도 있었지만, 소설의 감동이 깨질 것 같아 챙겨 보진 않았다. 그러다가 또 한참 후에, 엄청난 독서가로 알려진 이현세 만화가가 네이버 지식인의 서재에서 '내 인생의 책'으로 『빙점』을 꼽은 걸 보고 너무나 기뻤다. 누군가와 같은 책을 읽고 비슷한 감명을 받는다는 것이 어떤 느낌인지 그때 알았다. 얼마나 반가웠는지 해당 회차를 몇 번이나 꼼꼼히 다시 봤을 정도다.

『빙점』의 영향 때문이라고 단언할 순 없지만, 세월이 흘러 그 열네 살의 소녀는 문학을 전공한 사회인이 되었다. 여전히 소설 읽기를 즐기며 좋은 작가, 새로운 소설을 만나는 것이 언제나 설렌다.

2장

대우서점 독서회,
함께 읽는
즐거움

세상사를 벗어나서 책으로 만나는 사람들은 서로 편했다. 마음 다칠까 염려할 필요가 없었다. 책을 통해서 지식을 나누는 것이 아니라, 서로 마음을 배워 가는 일이었다. 독서회 토론에 적극적으로 참여하기 위해서는 철저하게 읽어야 했다. 독서 토론 대상 도서뿐만 아니라, 비평서까지 챙겨 읽으면서 발표에 욕심을 내었다. 발표에 욕심을 내면서부터 생각하는 힘이 자라기 시작했다. 총 2천 페이지가 넘는 세르반테스의 『돈키호테』를 읽어 낼 수 있었던 것은 오롯이 독서회를 통해서 함께 읽었기에 가능한 일이었다.

정기남 '책으로 맺은 인연은 오래간다' 중에서

책으로 맺은 인연은
오래간다

정기남

세상 인연 중 으뜸은 단연 책으로 맺어진 인연일 것이다. 대책 없이 살다 보니, 어느 순간 세상이 헛헛해지기 시작했다. 사람에 대한 믿음이 들떠 버리자, 마음 둘 곳을 찾아야만 했다. 바보처럼 살아왔다는 생각이 불현듯 들었을 때, 세상의 '큰 바보'를 만났다. 그는 보수동 책방골목에 대우서점(大愚書店)을 열고, 남들에게 책을 권하면서 평생을 살아온 사람이었다. 김종훈 사장님은 "모든 책은 헌책이다"라는 지론을 갖고 계셨다. 그리고 책을 읽으면서 바보가 되라고 권하셨다. 그를 따라서 나는 책만 읽는 바보가 되어 갔고, 세상이 다시 평안해졌다. 들끓던 바다가 잔잔해지자, 다른 세상이 열렸다.

다른 세상이 열리자 사람에 대한 믿음도 되살아나기 시작했다. 그러던 차에 큰 바보는 자신이 만난 바보들의 고독한 방을 이어보자는 꽤 괜찮은 생각을 하셨고, 그렇게 나는 대우독서회 모임에 참여했다. 세상사를 벗어나서 책으로 만나는 사람들은 서로 편했다. 마음 다칠까 염려할 필요가 없었다. 책을 통해서 지식을 나누는 것이 아니라, 서로 마음을 배워 가는 일이었다. 독서회 토론에 적극적으로 참여하기 위해서는 철저하게 읽어야 했다. 독서 토론 대상 도서뿐만 아니라, 비평서까지 챙겨 읽으면서 발표에 욕심을 내었다. 발표에 욕심을 내면서부터 생각하는 힘이 자라기 시작했다. 총 2천 페이지가 넘는 세르반테스의 『돈키호테』를 읽어 낼 수 있었던 것은 오롯이 독서회를 통해서 함께 읽었기에 가능한 일이었다.

『티벳 사자의 서』를 읽으면서 죽음 이후의 세계를 생각해 보는 시간도 소중했다. 그리고 얼마 안 돼서, 생소했던 시인의 『이연주 시 전집』을 함께 읽으면서 현생에서 죽음을 통과하는 삶들의 고통에 전염되어 아파하기도 했다. 한강의 『채식주의자』를 접하면서 한편에 제쳐 두었던 문학에 대한 열정을 되살려낸 것은 최고의 즐거움이었다.

올더스 헉슬리의 『멋진 신세계』를 읽을 때는 그 책의 원텍스트라고 할 수 있는 『템페스트』를 비롯한 셰익스피어 작품들을 찾아서 읽었다. 번역이 의심스러운 곳은 원서를 챙겨 읽기도 했다. 피츠 제럴드의 『위대한 개츠비』는 영어 원서를 함께 읽으면서 작가의 섬세한 작품 세계에 접근할 수 있었을 뿐만 아니라, 그의 정교한 문체를 덤으로 공부할 수 있어서 좋았다. 스피노자의 『에티카』의 경우, 평소 엄두를 내지 못했던, 그러나 꼭 읽어야만 했던 철학서를 영어 번역본을 참조하면서 좀 더 이해해 보려고 노력했다. 치누아 아체베의 『모든 것이 산산이 부서지다』에는 주인공인 오콩코가 아들 세대에 아프리카 전통이 무너지는 것을 한탄하는 장면이 "불은 타오른 후 식어, 무기력한 재를 남기는 것이다"라고 번역되어 있는데, 이 부분을 "모든 살아 있는 불에는 차갑고 무력한 재가 함께한다"로 고쳐 읽었더니 저자의 의도가 제대로 드러나는 느낌이 들었다.

독서회 활동을 통해서 책에 대한 안목도 키워졌다. 괜찮은 책을 만나면 서로 권하는 문화 때문이었다. 헌책방에서 제대로 된 책을 골라내는 것은 보물찾기였다. 처음에는 중구난방이었던 독서에 점차 방향이 잡히기 시작했다. 문학 쪽으로 물꼬가 트였다. 마침 대우서점은 국문학 관련 서적의 보고였다. 전해 들은 이야기에 따르면 부산에서 문학을 공부한 사람들의 태반이 대우서점을 거쳐 갔다고 했다. 나의 경우 대우서점에서 처음 사재기를 한 책은 열 권짜리 전집인 『해행총재(海行摠載)』였다. 무슨 내용인지도 모른 채, 순전히 '바다를 간다'라는 말에 끌려서 사 두었다. 처음 서점의 바닥에 깔려 있던 그 책은 내 집에 와서도 잊힌 채로 구석 차지였다. 그러다가 인문학 공간인 백년어서원에서 해양사와 해양 문학 강의를 해 보라는 제안을 받았다. 순전히 대우독서회에서 독서의 내공을 키워낸 덕분이었다. 회원들의 뒷배가 큰 힘이 되었다.

전직 항해사였던 경험을 살려서 해양을 생생하게 이야기해 보기로 했다. 우선 조선 시대 통신사들이 바다를 어떻게 건넜을까 궁금해졌다. 조엄의 『해사일기』가 기본 도서였는데, 마침 까마득히 잊고 있던 『해행총재』가 생각났다. 통신사 선단이 바다를 건너는 부분을 집중적으로 읽었다. 문약한 선비들이 바다를 얼마나 두려워했는가를 절절하게 알 수 있었다. 직선거리 240km인 부산~시모노세키 구간을 통신사 선단은 평균 한 달이 넘게 걸려서 건넜다. 격군과 선원은 말할 것도 없고, 선장도 그냥 졸개였을 뿐이었다. 바다를 소홀히 한 것이 망국으로 이어졌다는 생각을 떨쳐 버릴 수가 없었다. 명나라 첫 사행 길에 조난 사고를 당해 죽을 고비를 넘기고도 험난한 바다를 세 번 더 건넜던 진정한 해양인 정몽주를 만나는 기쁨도 있었다. 젊은이들은 바다로 나서게 해야, 국운이 열린다는 생각을 했다.

그리고 내쳐서 해양 문학 20강을 준비했다. 기본 도서 20권에 그에 관련된 해양 도서를 40권 정도 독파했다. 바다가 보이기 시작했다. 블루오션이었다. 내친김에 세계 신화 10강도 시도했다. 이제 바다에 관한 글을 쓰고 싶어졌다. 바다를 직접 체험한 사람으로서 본격적인 해양시를 쓸 수 있겠다는 자신감을 얻었다. 이 모든 것이 책으로 맺은 인연 때문에 가능한 일이었다. 책과 맺은 인연은 값지다. 책으로 맺은 인연은 오래 간다.

위안과 환대의
장소

박경자

휘익 한 줄기 바람이 지나가고 누런 은행이 우수수 떨어진다. 이미 대청로는 밟히고 짓이겨진 은행으로 악취가 심하다. 요리조리 피해 걷던 딸이 은행을 밟고 오만상을 찌푸린 채 한마디 한다. "엄마, 온라인으로 주문하면 되는데 군이 헌책방을 가자고 해서 이게 뭐야." 딸의 투덜거림을 귓전으로 흘리며 보수동 책방골목에 들어선다. 개천절 휴일이라 그런지 책방골목이 평소보다 많은 사람으로 붐빈다. 책방골목 첫 집이 되어버린 보수서점 맞은편에는 거대한 공사 가림막이 버티고 있다. 2년 전 8개 서점을 허물고 시작한 신축 오피스텔 공사가 아직도 진행 중이다.

이집 저집 기웃거리며 걷노라니 30여 년 전, 이 골목에 들어섰던 기억이 떠오른다. 1988년 12월 어느 주말 저녁나절이었다. 유나백화점 스낵코너에서 아르바이트를 마치고 세밑 인파에 휩쓸려 걷다 정신을 차리니 대청로 사거리였다. 신평 집으로 가는 버스 정류소를 찾고 있었는데 다닥다닥 붙은 낮은 집들이 처마를 마주한 채 길게 늘어선 골목과 맞닥뜨렸다. 가판대에 말간 얼굴로 앉아 있던 일본잡지, 사진집, 소설을 따라 '이상한 나라의 앨리스'처럼 책방 안으로 들어갔다. 온갖 종류의 책들이 바닥부터 천장까지 빼곡했다. 책장에 꽂혀 있는 책들보다 누워 있는 책들이 더 많았다. 겨우 사람 몸 하나 지나갈 정도로 좁은 공간에서 책등의 글자들을 헤아리며 한참을 쪼그리고 앉아 있었다. 헌책이 뿜어내는 쿰쿰한 냄새가 고향 집 구들방에 배어 있던 불 냄새 같기도 했다.

계절마다 새로운 상품이 화려하게 진열되는 백화점 한구석에서 햄과 핫도그, 커피를 팔고 설거지를 했다. 일을 마치면 발걸음은 습관처럼 책방골목으로 향했고 대우서점 귀퉁이에서 손에 잡히는 대로 책을 읽었다. 시 한 편에서, 소설 한 문장에서 힘을 얻었다. 취직 시험에 떨어진 쓰라림도, 불안한 미래도 잠시나마 잊을 수 있었다. 아르바이트 주급을 받는 날이면 책방이 문을 닫을까 봐 바람처럼 달려갔다. 함석헌, 리영희, 박경리, 조정래, 최인훈, 전혜린, 앙드레 지드, 시몬느 드 보부아르, 카뮈의 책을 품에 안고 청춘의 허기를 달랬다. 사장님이 덤으로 얹어 주는 한두 권의 책에서 백 마디의 말보다 더 따뜻한 위로를 받았다. 직업도 돈도 없이 부산까지 떠밀려 온 24살의 나를 토닥여 준 대우서점이 있었기에 나는 이 도시에 마음 붙일 수 있었다. 서울로 향하던 마음을 접고 부산시공공도서관 사서가 되었다. 결혼을 하고 아이를 낳고 부산에 정착했다.

일은 재미있었지만 직장 생활은 고달팠다. 아이는 사랑스러웠지만 육아는 고통이었다. 섬처럼 적막하고 쓸쓸한 날이면 헌책방 골목을 찾았다. 대우서점 켜켜이 쌓인 책 무더기에 앉아 숨을 골랐다. 때때로 남편과 아이들의 손을 잡고 대우서점에 들렀다. 사장님은 아이들이 고른 책 위에 나에게 했던 것처럼 한두 권의 책을 덤으로 얹어주었다. 취직 축하주를 사주던, 결혼을 축하해 주던 그 마음은 아이들 호주머니에 용돈을 꽂아 주는 것으로 이어졌다. 우진스낵에서 고로케, 꽈배기, 도넛을 먹으면서 행복했다.

엄마, 여기 우리가 자주 오던 서점이잖아. 딸이 걸음을 멈춘다. 자그마한 대우서점 팻말은 사라지고 충남서점 대형 간판이 걸려있다. 대우서점이 구례로 떠나고 2년 만에 왔다. 오랜만에 둘이서 안으로 들어간다. 여전히 책은 빼곡한데 텅 빈 것 같다. 주인이 바뀌었을 뿐인데 30여 년 넘게 다닌 책방이 낯설다. 사람과 사람의 소통이 사라진 장소가 주는 쓸쓸함에 한참을 서성거린다. 대우서점이 내게 위안의 장소가 될 수 있었던 것은 책을 사고파는 단순한 공간이 아니라 사람을 맞이하는 환대의 장소였기 때문이다.

몇 권의 책을 들고 책방골목을 배경으로 사진을 찍는 한 무리의 청년들을 비켜 간다. 중앙서적 셔터문에 붙은 임대 글자도 지나가는 사람들도 여행객의 사진 속 배경이 된다. 보수동 책방골목 풍경이 달라지고 있다. 오락가락하던 가을비가 또 쏟아진다. 책방골목 카페로 들어간다. 책방에서 한 권의 책도 고르지 않던 딸은 메뉴판을 꼼꼼히 들여다보고 음료를 주문한다. 창문 너머로 가판대 책을 비닐로 덮는 책방 주인의 다급한 손놀림과 책방으로 황급히 들어가는 사람들의 뒷모습이 부산하다. 일순간 골목에는 빗줄기만 남는다.

커피 한 잔을 마시고 카페를 나선다. 내 손에도 앞서가는 사람들의 손에도 검은 비닐봉지가 묵직하다. 검은 비닐 속 헌책이 꿈틀거린다. 책방골목이 생기를 띤다. 다음 나들이 때는 쉬어 갈 수 있는 책방을 만날 수 있을까.

서점 단골에서
독서회원으로

신상균

혼자 여러 분야의 책으로 독서 세계를 열어가던 중에 대우 독서 동호인들과 만나게 된 것은 행운이었다. 구심점과 다리 역할을 동시에 하신 대우서점 사장님을 직접 대면한 것은 부산여고에서 5년을 근무하고 중학교로 전보한 후 책방을 드나들게 되면서부터이다. 그전에 책 기부 소식 등을 전해 듣기만 하다가 만나게 된 그는 정감 있고 말씀도 잘하시고, 책에 대한 해박한 지식을 갖추셨으며 독자 맞춤형 책 추천까지 탁월하셨다. 그리고 당시 책을 그렇게나 많이 소장한 서점을 처음 보았다.

대우서점에는 희귀본들이 정말 많았다. 고조선 관련 서적도 그렇고, 동학 관련 전문 서적 등 특정 분야의 귀한 책들이 차고 넘쳤다. 그 무렵 나는 부산 중앙여중에 근무하게 되면서 일 적으로는 바빴지만, 책방에 더 자주 가게 되었다. 고등학교에서 중학교로 전보해 보니 가르쳐야 하는 과목이 많았기 때문이다. 중학교에서는 역사와 도덕도 가르쳤다. 물론 사회 과목으로 일반 사회 영역도 있었지만, 난생처음으로 한국사와 세계사도 가르쳤다.

그때 나는 수업 준비를 하면서 교과서와 참고서, 교사용 지도서로는 맘에 차지 않았다. 고교 수업 때도 국민윤리는 동양철학사와 서양철학사의 전문 서적을 읽어 보고 수업했는데 그때 철학사의 흐름을 공부한 것이 지금도 큰 도움이 되고 있다. 그러니 이때도 헌책들이 필요했고, 자연히 대우서점에 가게 되었다.

고대문명, 그리스, 로마, 중세, 근대, 현대 등으로 나눠서 책을 읽어 보고 아이들을 가르칠 수준을 결정했다. 그리스와 로마 역사만 해도 어마어마한데 그 외 시대까지 섭렵하자니 책들이 필요했다. 사실 그리스 역사는 중학교 책으로 한 페이지 정도였고, 로마 역사는 한 장 정도였다. 그런데도 고집스럽게 그리스와 로마 역사를 공부하려고 했으니 불필요한 시간 낭비도 없지 않았을 것이다. 평일 퇴근 후에도 대우서점에 다녔고, 주말엔 꼭 한 번씩 들를 정도였으니, 얼마나 자주 다녔겠는가. 다행히 집이 보수동이어서 책방 가는 것은 너무 좋았다. 저녁에 산책하다가 우연히 가 보기도 하고, 산보를 하다가도 어느새 가 있기도 했다. 책이 끌어당긴 것 같은 느낌이었다.

해박하신 대우 사장님은 여전히 나에게 필요한 도서를 추천해 주시고, 시간 나면 다정다감하게 커피도 한 잔 사 주시고, 때로는 주말 점심시간에 식사도 같이하면서 여러 가지 책 소개와 함께 책방 운영에 관한 이야기도 잠깐씩 해 주셨다. 한국사 수업을 할 때는, 대우서점의 우리 역사 코너에서 주야장천 살았다. 그러다 사장님이 책을 좋아하는 분들이 때론 외롭다며 책 마니아분들과 한번 만나볼 것을 권했고, 다른 단골분이 오시면 소개도 해 주어 자연스럽게 인사도 하게 되었다. 그때 그분들이 대부분 우리 대우독서회의 회원들이 되었다.

독서회는 점차 발전했고 알차게 운영이 되어 갔다. 나도 발제 순서가 되면 잘하려고 노력했다. 『도연명 시집』으로 발제할 때는 시대 배경과 시의 내용 분석, 도연명의 사상과 문학사적 가치까지 촘촘히 조사했고, 과학책에 관심이 가서 한참 책을 구입해서 보곤 할 때는 스티븐 호킹의 『호킹의 빅 퀘스천에 대한 간결한 대답』이라는 책을 선정해 회원들과 토론했다. 문학 도서 중에서는 노벨 문학상 수상작가 오르한 파묵의 『빨강 머리 여인』를 발표했던 기억이 난다. 발제를 위해 정리하고 메모하고 발제문을 적는 것이 쉬운 일은 아니었지만, 하나의 과정이라고 생각했다.

토론을 통해, 다른 관점과 다른 생각들을 듣는 것이 참으로 신선했고, 나와 다른, 진일보한 해석이 반가웠다. 나는 비소설류의 책을 잘 읽어 내는 편이다. 명확한 사회과학 도서가 체질에 맞다. 그런데 우리 모임에서 문학 서적을 자주 접하게 되자, 처음에는 내가 좋아하는 분야가 아니라서 주저주저하기도 했다. 그러나 뜻밖에 한국 문학에도 빠져들어 이후에 세계 문학까지 읽어 나가는 계기가 되었다.

회원들의 기본 소양이 다르고 선호하는 책이 달라서 다양한 관점들을 보게 되는 것이 즐겁다. 통찰의 지평을 넓히는데 이만한 것도 없다. 책을 통해 만난 인연들이니 다툼도 없고, 서로서로 배려하고 높여주는 분위기가 참 좋다. 매번 열정적으로 준비하시는 분들이 고맙고 언제나 자기 몫을 다 하시는 분들께 감사드린다.

대우서점과
대우빵집

이준영

대우서점이 부산을 떠난 지 2년이 훌쩍 넘었다. 당시 부산일보 논설위원이었던 나는 그 아쉬움을 신문에 전면으로 다뤘다. '보수동 대우서점 떠나던 날-시민의 지식충전소, 못 지켜줘서 미안해…'란 제목을 달았다. 2020년 8월 5일 자에 게재한 이 기사는 김종훈 대표가 보수동 책방골목에서 보낸 여정과 그가 정다운 골목을 떠나야만 했던 사연을 담았다. 또 대우서점이 옮길 전라남도 구례 섬진강 변에 관한 내용도 실었다. 김 대표는 그해 '섬진강책사랑방'을 열었다.

아울러 대우독서회 얘기도 빼놓지 않았다. 그 대목을 옮겨본다.

대우서점은 골목을 찾는 이들에게 지식충전소 역할을 담당했다. 자료와 책이 부족하던 시기였으니 헌책을 찾는 대학생은 물론 석·박사 논문을 쓰는 대학원생에게 단비와 같은 존재였다. 지적 호기심이 강렬한 일반인과 귀한 책을 필요로 하는 대학교수들도 단골로 자리 잡았다. 김 대표는 전공자 못지않은 식견으로 필요한 책을 척척 찾아줬던 것으로 유명했다. 몸 하나 겨우 지나갈 만큼 책이 쌓여 미로가 된 내부에서 고객이 원하는 책을 정확하게 집어내는 모습은 경탄을 자아내게 했다. 그래서 책 도사라고 불렸다. 그 비결은 바로 공부였다. 단순히 책을 파는 상인이 아니라 스스로 독서인이 됐던 것이다.

그가 2013년부터 단골들과 함께 독서회를 연 것도 그와 맥락을 같이 한다. 서점 이름을 딴 '대우독서회'에는 20~40년간 대우서점을 들락거린 이들이 참가 중이다. 이들은 앞으로도 매월 1회 독서 모임을 지속할 계획을 하고 있다. 이 독서회의 시작에 대해 김 대표가 이렇게 밝힌 적이 있다. "책을 좋아하는 사람들이 의외로 외롭습니다. 독서가 시공을 초월해 저자와 대화를 나누는 행위지만, 실제 주위 사람들과의 접촉이 부족한 경우가 있거든요. 책과 현실의 조화를 꾀하기 위해 독서회를 만들 결심을 하게 된 것이지요."

대우독서회가 10년째 활동을 이어 가는 비결이 이처럼 김 대표의 말속에 숨어 있다. '외로운 사람'들이 모이니 서로 어깨를 걸고 걷는 게 아닐까. 대우서점은 보수동 책방골목을 떠났지만, 책으로 이어진 관계는 사랑이라는 윤활유를 톱니바퀴에 부지런히 보충하는 것이나 마찬가지니까. 하지만 대우서점과의 이별이 주는 섭섭함은 마음 한편에서 완전히 사라지기 어렵다. 그간 의지해 온 기둥이 사라졌다는 허전함이다. 수십 년 단골들이 대우서점의 맛과 내음을 어찌 그리 쉽게 잊을쏜가. 우리는 그간 몇 번 '섬진강책사랑방'을 찾왔으나 그 유효기간은 얼마 가지 못한다.

사람은 하나의 목표가 어떠한 원인으로 인해 저지될 때는 다른 방법을 찾기 마련이다. 그런 행위를 통해 처음에 가졌던 욕구를 어느 정도 충족하는 본능을 지닌다. 그걸 대리만족이라고 한다. 대상 행동으로 불린다. 대우서점이 그리울 때 나의 대리만족은 이랬다. 보수동 책방골목에서 멀지 않은 곳에 있는 보수초등학교 뒷길을 걷다가 우연히 '대우빵집'을 발견했다. '대우'라는 단어가 반가워 자세히 보니 'Since 1972'라는 숫자가 나의 시선을 더 오래 잡았다. 빵집 문을 연 지 50년이 넘는 노포(老鋪)여서다. 대우서점 개점이 1978년이니 그보다 6년이나 빠른 연도이다.

홀린 듯 빵집 안으로 들어가 봤다. 햄버거 소라빵, 단팥빵, 땅콩버터빵, 피자빵, 공갈빵이 그득하다. 영락없는 옛날 빵집이다. 프랜차이즈 빵집이 득세하는 요즘에 이런 동네 빵집이 살아 있다는 점이 반갑고도 고맙다. 헌책이 경쟁력을 잃어가는 현실과 그로 인해 책방골목을 떠날 수 없었던 대우서점이 오버랩된다. 자연히 동네 빵집을 응원하는 마음으로 옛날 빵을 한 봉지 가득 샀다. 그 빵을 안고 계산하기 전에 이런 의문이 문득 들었다. 이 빵집의 이름이 혹시 대우서점과 어떤 관계가 있지 않을까 하는. 나이가 여섯 살 많으니 그럴 수도 있지 않을까. 가게를 둘러보니 '새마을 직석빵'이란 상호의 흑백사진이 눈에 들어온다. '직석'은 '즉석'을 경상도 사람들 발음대로 쓴 단어 같다. 사연을 알아보니 원래 '새마을 직석빵'란 이름으로 시작했으나 이후 대우빵집으로 이름을 바꿨단다. 1970년에 실시한 '새마을운동'과 비슷한 간판은 금지됐던 모양이다. 그렇다면 이 가게가 대우서점에서 '대우'를 따왔을지도 모를 일이다. 주인에게 물으려다가 끝내 입을 열지 못했다.

대우서점은 김 대표께서 인수 당시 '대구서점'의 '구'를 '우'로 바꿔서 작명한 것으로 알려져 있다. 가난한 청년이 간판을 새로 달 형편이 못 되다 보니 이름만 살짝 바꿨다나. 그러니 가까운 거리에 있는 서점과 빵집 간에 이름으로 얽힌 어떤 사연이 있을 법하다. 없어도 그리 여기고 싶다. 사라진 대우서점의 맛과 내음이 그리울 때 대우빵집의 빵으로 대리만족을 할 수 있으니. 책과 빵으로 외길을 걸은 두 장인의 인생도 흡사하다는 생각이 든다. 오늘도 소라빵을 한입 문다. 대우서점에서 반갑게 만났던 헌책의 달콤함이 입안 가득히 고인다.

이제 보수동 책방골목에는 대우서점이 없다. 늘 부담 없이 모였던 보수동 책방골목 문화관의 공간도 우리가 사용할 수 없게 되었다. 코로나19로 인한 온라인 독서 모임은 생소했지만, 나름 적응하기 시작했다. 그러고 보면, 인간은 참 강한 존재들이다. 그 시간들을 견디고 난 뒤 우리는 다시 오프라인으로 모이기 시작했고, 섬진강책사랑방에도 한 번씩 방문하며 사장님을 뵙고, 우리의 안부도 전한다.

김경옥 '섬진강에서 봄밤을 보내며' 중에서

책으로 숨 쉬는
사람들

박정은

한 해 한 해 독서회가 진행되어 오는 동안 현직에서 은퇴하신 분들도 계시지만, 회원들이 각자의 일터에서 주어진 업무에 매진하다가 한 달에 한 번 독서 모임에 참여하는 것을 두고 "숨을 쉬러 온다"라고 표현하는 분도 계셨다. 각자 체력과 정신력을 소모해 가며 팍팍한 세상일을 헤쳐 나가다, 같은 책을 읽고 이런저런 경험을 나누는 시공간엔 언제나 평화와 안식이 깃든다. 이해타산이 끼어들지 않으니 마음이 편하고, 독서 토론으로 삶의 호흡은 더 깊어지니 "숨을 쉬러 온다"라는 말이 참 적절하다는 생각이 든다. 그만큼 책을 사랑하는 사람들이 대우서점 독서회에 모였다.

'한 권의 책'이 전하는 의미는 여러 독자들에 의해 풍성해지고, 행간에 꼭꼭 숨어있던 어렵고 불편한 진실들이 토론 중에 드러나기도 하면서 읽기의 세계가 확장된다. 완독하기 부담스럽고 수고로운 책들이 읽어 내 지고, 나와 다른 생각을 경청하고 존중하는 자세는 기본으로 장착된다. 대우독서회의 토론 분위기는 알차고, 진지하면서도 유쾌하고 즐겁다. 그러면서 지나온 10년 세월의 우애 또한 두텁기만 하다.

어느새 내가 발제자가 되어 모임을 주도했던 책들도 차곡차곡 누적이 되었다. 돌이켜 보면 신중하게 골라 함께 읽은 모든 책들이 다 소중하지만, 토론 분위기나 회원들의 반응을 생각할 때 가장 먼저 떠오르는 책은 임철우 작가의 『아버지의 땅』이다. 개인적으로는 80년대 초 등단작부터 최근작 『돌담에 속삭이는』까지 챙겨 읽어 왔을 정도로 좋아하고 존경하는 작가여서 토론 도서로 선정했었다. 임 작가는 '왜 쓰는가'에 대한 이유가 매 작품에서 느껴질 정도로 작가 의식이 뚜렷한 소설가다. 그러면서도 우리말이 이렇게나 아름다웠나 새삼 놀랄 만큼 서정적이고 유려한 문장을 구사하기 때문에, 문학을 왜 언어로 빚은 예술이라고 하는지 그의 소설을 읽어 보면 알 수 있다.

『아버지의 땅』으로 토론을 할 때도, 이념의 대립으로 무고한 사람들이 죽어 나가는 시대적 비극을 다루면서도 그 문장은 얼마나 시적이었는지에 대한 얘기들이 많았다. 특히나 회원들이 입을 모아 찬탄했던 부분도 「사평역」, 「뒤안에는 바람소리」 등의 단편에서 펼쳐지는 대체 불가한 묘사였다. 독자로서 기분 좋은 소식은 임철우 작가의 예전 작품들이 리뉴얼되어 나오고 있다는 것인데 역사 속 민중의 이야기, 서정적인 우리 소설이 더 많은 사람들에게 읽히기를 바라는 마음이다.

한편, 한국 문학 가운데 회원들을 단체로 멘붕에 빠뜨렸던 책도 있었으니, 그것은 바로 박상륭의 『열명길』이다. 내가 이 책을 토론 도서로 선정했던 이유는 오래전 이 작가의 다른 책을 읽다가 너무 어려워 포기한 경험이 있었던 데다가, 작품의 난해함에 대한 소문이 자자한 작가여서 강한 호기심이 발동했기 때문이다. 그래도 극복하고 나면 또 그 감동이 어마어마하다는, 고수들의 평이 있었기에 박상륭의 소설 가운데 그나마 잘 읽힌다는 『열명길』을 택한 것이다. 하지만 책은… "읽다가 열명길 갈 뻔했다"는 회원이 나올 정도로 난이도가 높았다.

나 역시 발제를 준비하면서 한 달 동안 다른 책을 다 끊고 열독했지만 전북 장수 출신의 해독 불가한 사투리에 책장은 더디게만 넘어갔고, 신화 같고 민담 같은 이야기에 토속 신앙과 동서양의 종교가 뒤섞이고, 세계 문학, 불교, 중국 종교 경전 등이 차용되는 등 읽을수록 태산이었다. 그래도 지금 이 순간 책에 대해 기억에 남는 것은 『열명길』전 작품을 관통하고 있는 것이 인간의 근원적인 외로움, 죽음, 우주적 관점에서의 생명의 순환 같은 것이었고, 그것이 박상륭 스스로가 죽음이라는 리얼리티를 통해 말하려고 했던 것이 아닐까 하는 생각이다.

가장 최근에 발제한 작품은 부산 출신 청년 소설가인 홍준성의 『카르마 폴리스』다. 이 소설에 곧장 빠져든 건 '고서점의 참주인은 허무의 벗 책벌레였다'라는 첫 문장 때문이었고, 박쥐 한 마리가 고서점 다락방으로 날아드는 것에서 사건이 시작되는 신선함에 반해서였다. 과연 소설도 재미있었고, 짧은 길이 소소한 서사가 대세인 요즘, 가상의 도시로 인간 세상의 온갖 문제를 거시적으로 담아낸 작가의 배포에 박수를 보내고 싶다. 문장 곳곳에서 묻어나는 철학의 향기, 엄청난 인용과 변용으로 온 세상 수많은 작가와 작품을 탐닉하게 하는 즐거움을 회원들과 함께 누렸다.

이외에도 『이연주 시전집』, 마르쿠스 아우렐리우스 『명상록』, 장 폴 사르트르 『구토』, 헤르만 헤세 『페터 카멘친트』 등을 발제했고, 앞으로 발제할 책도 벌써 생각해 두고 있다.

후회 없는
삶의 여정

김종훈

먹고 사는 문제를 해결하고 난 여유의 시간을 어떻게 보내는지에 따라 우리 인생의 질이 결정된다고 생각한다. 그 많은 취미, 오락 중 책 읽기를 선택한 독서인들⋯ 책을 가까이하여 그 속에서 진리를 탐구하고 자기의 인생을 변화시키며 성숙한 삶을 위해 쉼 없이 노력하는 이들. 그렇게 진지하고 선한 일상을 살아가는 이들을 지켜보는 건 참으로 아름답고 즐거운 일이다. 45년 동안 책을 손에서 놓지 않고 만지작거리며 보내는 세월 덕분에 귀한 인연들을 만나게 되었음에 감사한다.

대우독서회를 이어온 지 어언 10년이라는 세월이 흘렀다. 돌이켜보니 회원들의 열의는 기대 이상이었다. 초창기에 단조로움과 어려움이 있었던 건 당연한 일이었고, 그것을 잘 극복할 수 있었던 건 초기 회원들의 헌신이 있었기에 가능한 일이었다. 같이 책을 읽고 토론

해 보면 회원들의 개성이 뚜렷이 드러나 보였다. 그럼에도 서로 배려하며 함께 읽다 보면 예기치 못한, 전혀 뜻밖의 분야나 내용을 접하게 되는 놀라움, 독서회가 아니면 접하지 않았을 책들을 읽게 되는 반가움, 읽고 나서 의식과 지식이 확장되어 가는 성취감 등 다른 취미로는 경험할 수 없는 세계를 만나게 된다.

서점을 운영한다는 핑계로 참석을 게을리한 점도 있고, 좌석만 마련하고 빠진 적도 있지만 그래도 읽으려고 노력하고 관심을 기울여 읽는 과정이 계속될 수 있었던 건 모두 독서회 덕분이다. 나를 상업적 이익만을 추구하는 단순한 서적상인, '책장사'가 아니라 '문화인 서점주'로 이끈 것도 독서회를 통한 책 읽기와 회원들의 응원 덕분이다. 내가 단순히 '책장사'로만 서점을 꾸려왔고 앞으로도 그렇게 경영해 간다면 생의 마지막 순간에 아쉬움의 회한에 휩싸일지도 몰랐을 일이다. 후회하지 않을 나머지 삶의 여정도, 여전히 책과 독서인들 속에서 이어 나가고 있다.

내가 회원들과 읽고 싶어 발제한 책은 라마나 마하리쉬의 『나는 누구인가』였다. 이미 인문학 등 여러 분야의 책을 읽어 온 회원들에게 명상과 수행에 관한, 조금 다른 차원의 책을 한번 소개하고 싶었다. 독서회에서 발제를 시작하기 전, 잠시 불을 끄고 10분간 명상을 하기도 했는데 회원들이 그 느낌을 아직 간직하고 있는지 모르겠다. 인도의 성자 라마나 마하리쉬는(1879~1950년)는 17세 때 갑작스레 겪은 죽음의 체험을 통해 소년에서 성인으로 변모했다. 집을 떠나 영면할 때까지 아루나찰라 산에 살았고, '자아탐구'가 깨달음에 이르는 최고의 길임을 전파했다.

라마나 마하리쉬 가르침은 언어를 통하면 이미 제한되고 왜곡되어 버린다는 침묵의 가르침, 어느 곳에도 마음을 머물지 않게 하여 마음을 일으키라는 응무소주이생기심(應無所住而生其心), 고통조차 우리의 일부분이라는 통증에 대한 진단 등이 있지만 가장 핵심적인 것은 바로 '진아(眞我)'라는 개념이다. 스스로 자기라고 동일시하는 것들을 다 부정한 다음에 남은 순수한 앎이 '진정한 나'이다. 진아는 항상 실재하며 우리가 늘 체험하고 있는 것이지만, 있는 그대로의 모습을 분명하게 알 수 있는 때는 오직 스스로 한계 짓는 마음이 사라졌을 때뿐이다.

회원들이 이 책에서 가장 어려워했던 부분이 바로 진아이기도 하다. "나는 진아를 이해 못 하는 진아이다", "읽어도 읽어도 힘들게 느껴졌다", "진아만 추구한다면 사는 재미가 없겠다" 등 여러 이야기가 나왔다. 그리고 나도 여전히 정진 중이다.

섬진강에서
봄밤을 보내며

김경옥

자정이 가까운 시각, 서점 안에 나 홀로 불을 켜고 노트북을 열었다. 지금 이 순간, '섬진강책사랑방'을 오롯이 혼자 독차지하고 있는 기분이다. 서가에 늘어선 책들은 숨죽이며 나를 에워싸고 있고, 창 너머에 어둠은 섬진강 물과 한 몸이 되어 고요히 흐르고 있다.

보수동 그 좁디좁은 골목에서 이리 치이고, 저리 부대꼈던 책들은 여기 섬진강책사랑방에서 품위 있는 모습으로 서 있다. 매서운 겨울바람이 부는 보수동 그 골목에서 또 얼마나 추웠을까. 더운 여름 사람들 몇 명만 드나들어도 후텁지근함이 배가 되는 그 골목에서 또 얼마나 갑갑했을까? 보수동을 떠나는 대우서점을 보며 마음이 착잡했었는데, 양지바른 섬진강변 모텔을 개조해서 만든 책사랑방에 처음 왔을 때 늠름한 책들을 보며 사랑스럽고 자랑스럽기까지 했다.

기억을 더듬어 보면 대우독서회를 알게 된 것은 2015년 연말쯤이었던 것 같다. 당시 나는 원북원부산운동의 담당자였고, 원북 도서선정위원으로 활동했던 서창호 선생님은 다양한 방식으로 독서 운동을 실천하는 분이었다. 서 선생님으로부터 멋진 독서회가 있다는 말을 듣자마자 한번 참여해 보고 싶다고 운을 떼웠다. 대우서점 사장님을 비롯해서 전·현직 교사, 선장, 신문 기자, 자영업자, 도서관 사서였던 아는 직장 동료까지 다양한 인원 구성에 호기심이 생겼다. 대우서점 단골손님들로 구성되었다는 대우독서회에, 단골손님도 아니었던 내가 회원으로 들어갈 수 있게 된 건 회장님과 회원들의 배려 덕분이었다.

2016년부터 본격적으로 매달 보수동 책방골목 문화관에서 열리는 대우독서회 모임에 참석했다. 회원들은 다양한 직업만큼 연령대도 다양했다. 전직 교사이면서 가장 고령이었던 박정목 선생님은 영문학에 관해서는 전문가였다. 선생님이 영시를 읊거나 문학 작품 속의 문장을 말씀하실 때 매끄러운 발음과 총기 있는 기억력에 회원들 모두 감탄사를 연발했다.

김종훈 사장님은 대우독서회의 회장으로서 모임의 구심점이었다. 회원들이 저녁 7시에 모여 토론을 하고 있으면 대우서점 문을 닫고 8시쯤 나타나셔서 그달의 책에 대해서 마지막 정리를 하셨다. 몇 마디 안 되는 짧은 말이었지만 책에 대해 맥을 정확히 짚어내는 것 같아 늘 회장님의 말씀에 귀를 기울였다. 무엇보다도 "자, 다들 배고플 텐데 밥 먹으러 갑시다!"라는 마지막 말씀을 기다리기도 했다.

대우독서회 밴드 회원 수는 21명이지만 주로 참석하는 회원들은 14명 전후이다. 매달 순서를 정해서 발제하며 발제하는 사람이 책을 정한다. 내가 처음 발제한 책은 한강의 『채식주의자』였다. 2016년 영국의 맨부커 인터내셔널 부문 상을 받은 『채식주의자』는 「채식주의자」, 「몽고반점」, 「나무 불꽃」 3부작으로 이루어져 있다. 채식주의자가 된 '영혜'의 정신적 트라우마가 주요 소재이며, 3편의 이야기는 영혜가 아닌 세 사람의 시선으로 그려져 있다. 1부는 '영혜'를 바라보는 비디오 아티스트인 형부의 시선으로, 2부는 영혜의 남편 '나'의 시선으로, 3부는 언니 인혜의 시선으로 그려져 있는데, 영혜의 가족들이 바라보는 영혜의 이야기라고 할 수 있다.

한국 최초 맨부커상 수상작이라는 떠들썩한 언론 기사에 호기심이 발동했던 터라 발제를 자처하고 나섰지만, 나의 깜냥으로 깊이 있는 해석은 무리인 작품이었다. 그렇지만, 무림의 고수들이 모인 대우독서회가 아니던가! 여러 선생님의 다양한 해석과 감상평으로 풍성한 모임을 가졌다. 이 외에도 파스칼 메르시어의 『리스본행 야간열차』, 가즈오 이시구로의 『남아 있는 나날』, 베른하르트 슐링크의 『책 읽어주는 남자』 등을 소개하면서 함께 읽는 즐거움을 나누었다.

2020년은 전 세계적으로나 대우독서회에서나 큰 변곡점이 되는 해였다. 코로나19 사태로 인하여 오프라인 모임은 전면 온라인으로 전환되었고, 대우서점은 경영난을 겪으며 보수동에서 구례로 옮겨

가게 되었다. 겨우내 책을 정리하던 사장님과, 대우서점을 드나들며 아쉬운 표정을 감추고 웃으며 책을 묶고 정리해 주던 회원들의 모습이 지금도 생생하다. 부산을 떠나는 대우서점과 사장님, 아니 대우독서회 회장님을 향한 안타까운 마음은 어떤 말로도 표현할 수 없었다. 설상가상으로 섬진강 변에 자리를 잡자마자 닥친 수해는 회장님의 마음에 더 깊은 상처를 주기도 했다. 혹독한 신고식을 치렀지만, 그럼에도 섬진강책사랑방은 건재했고 한 번씩 방문하는 우리를 큰 품으로 맞이한다.

이제 보수동 책방골목에는 대우서점이 없다. 늘 부담 없이 모였던 보수동 책방골목 문화관의 공간도 우리가 사용할 수 없게 되었다. 코로나19로 인한 온라인 독서 모임은 생소했지만, 나름 적응하기 시작했다. 그러고 보면, 인간은 참 강한 존재들이다. 그 시간들을 견디고 난 뒤 우리는 다시 오프라인으로 모이기 시작했고, 섬진강책사랑방에도 한 번씩 방문하며 사장님을 뵙고, 우리의 안부도 전한다.

이번 봄에는 벚꽃이 예년보다 일찍 폈다. 친구들과 섬진강책사랑방에 들러 책과 더불어 밤을 보내고 있다. 벌써 꽃잎은 하분분 날리며 새잎을 재촉한다. 끝은 새로운 시작이다. 고요한 섬진강 변에 앉은 책사랑방이 다시 한번 고맙게 느껴지는 밤이다.

집에서는 5분도
안 들어 주는데…

최선길

20여 년간 보수동 책방골목에 가면 주로 '대우서점'만 찾았다. 김종
훈 대표께서 오랜 기간 헌책방을 운영하셔서 책에 관해서는 최고 전
문가 반열에 올라 있었고, 그 많은 책들 중에서도 필요한 것을 제시
하면 귀신처럼 찾아내 주셨다. 호남 최고의 명문 학교인 순천고 출
신의 엘리트지만 너무나 순박하고 정직했다. 책 가격도 생각보다 정
말 싸게 내놓았다. 그래서 대우서점에 가면 김종훈 대표와 책을 놓
고 이런저런 담소를 나누는 것이 내 삶의 큰 행복이었다. 김 대표가
전남 구례로 삶터를 옮긴 후는 보수동 책방골목에 발걸음을 거의
하지 않았다.

그렇게 대우서점과 인연이 되면서 김 대표의 권유로 대우독서회
에 얼굴을 내밀게 되었다. 여러 사정으로 충실하게 활동은 하지 못
했지만, 이곳에서 많은 것을 배웠다. 특히 대상 도서를 읽고 토론하

는 시간은 정말 의미가 있었다. 독서회원들의 독서 경험은 지금까지 접한 어떤 독서회보다 뛰어났다. 그것을 벤치마킹하여 내가 살고 있는 지역에 액티브 시니어 대상 모임을 결성하면서 첫 과정을 독서회로 전개하였다. 지역 액티브 시니어 모임에서 독서를 비롯한 영화 및 연극 관람, 요트 체험, 맛집 기행, 푸드테라피, 보름달 보며 1박 2일 시골길 걷기 등등의 활동을 진행하고 있다. 지역 최고의 문화 네트워크로 시니어 세대가 즐거운 활동을 통해 격조 높고 행복한 삶을 누리겠다는 목표로 시작했다. 슈퍼노인증후군같은 너무 많은 활동은 지양하고 가급적 편안하고 즐거운 여유를 누리고자 했다.

격주로 금요일 오전 11시에 마을 카페에 모여 독서 토론을 진행하고 있는데, 벌써 여덟 권을 독파했다. 금요일에 만나면 나태주 시집에 있는 시 한 편씩 함께 낭송하면서 시작한다. 낭송의 정신적·육체적 건강 효과가 매우 크다. 그리고 참여자 한 명이 당일 낭송한 시를 즉석에서 캘리그래피 작품으로 만들어 선물로 준다. 독서 토론회 진행에서 누구나 편안하게 자신의 견해를 충분히 발표할 수 있도록 기회를 주었다. 매회 읽을 분량도 적게 설정했고, 사전에 읽은 책 내용을 바탕으로 참여자 각자의 생각을 자유롭게 발표한다.

"선생님들 있잖아요. 제가 집에서 남편이나 아이들에게 무슨 할 말이 있어 5분 이상 넘어가면 모두 짜증을 내거나 제 말을 들으려 하지 않아요. 그런데 여기선 긴 시간 제가 하고 싶은 말을 마음껏 쏟아내도 되니 집에 돌아가면 스트레스가 쫙 풀리고, 정신적으로 큰 힐링이 되는 것 같아요."

"그것이 바로 독서 치료입니다."

책을 완독해야 하거나 깊이 있는 내용만 발표해야 하는 것이 아니다. 대상 텍스트를 자신의 삶에서 나온 경험에 비춰 편안하게 말하기 때문에 참여자들의 만족도가 매우 높다. 격주마다 만나는데 모임 활동 만족도가 매우 높아 매회 자리가 꽉 차게 된다. 책을 적게 읽어왔다고 고백하면 사회자가 그 참여자에게는 발표할 수 있는 가벼운 소재나 화젯거리를 제시한다. 그렇게 모든 참여자가 고루고루 발표할 수 있도록 유연하게 진행한다. 독서 토론회가 끝나면 곧장 점심 식사를 하는데, 여기서도 분위기가 매우 활기차다. 평소 같으면 대화를 할 기회가 거의 없는 사람들인데, 독서회를 통해 자신들의 속사정을 아주 솔직하게 털어놓는다.

"선생님들 있잖아요. 제가 지금 60대인데 이 나이에 이렇게 좋은 모임에 낄 수 있어서 진짜 감사합니다. 그리고 금요일마다 여기 독서회에 온다 하면, 남편이 막 놀려요. 그 먹물들 자리에 당신이 무슨 자격으로 간단 말이고? 책 내용이나 제대로 알고 가나?"

그 말을 듣고 나머지 참여자들 몇이 동시에 묻는다.

"그러면 선생님은 뭐라고 대답하나요?"

그분이 답하길, "독서회에 가서 마음껏 발표하고 오면 마음이 정말 편해진다. 내가 책을 좀 덜 읽어도 오시는 사람들이 절대로 뭐라고 안 한다. 오히려 먹물들이 모였다 해도 내 말을 얼마나 잘 들어주는데, 거기만 가면 그렇게나 즐거운데. 당신은 내 말 5분도 안 들어주잖아."

지역 액티브 시니어 네트워크 '물때 읽는 사랑방'은 얼마 전에 일본 오이타현 분고오노시 규슈 올레길 여행도 다녀왔다. 부산에서 출발, 밤새 달려 시모노세키항에 도착하는 배 안에서도, 규슈 올레길을 맨발로 함께 걸으면서도 며칠 전에 읽은 책 내용을 다시 주고받으며 풍요로운 자연 속에서 마음껏 웃었다. 나이가 들어가면서 책으로 만난 도반들과 삶의 질을 제고할 수 있어서 이 시니어 독서회가 참으로 귀하게 느껴진다. 대우독서회가 좋은 롤모델이 되어준 덕분이다.

사람이 특정 장소를 찾게 되는 것은 필요 때문만이 아니다. 오히려 추억 때문이다. 인연의 자기력이 사람을 끌어당기는 것이다. 대우서점이 그랬다. 먼발치에서 "사장님~" 하고 소리치면, "오셨어요!" 하고 반겨주시던 책방골목길 메아리가 그립다. 대우서점이 없어진 지금, 나 자신도 보수동 책방골목에 잘 가지질 않는다. 그때 내 시선이 꽂혔던 곳에는 생경한 다른 모습들이 자리하고 있는데, 왠지 가슴 한구석에서 울컥하는 아픔이 올라오곤 한다.

서창호 '매파(媒婆) 대우서점' 중에서

또 하나의
작은 공동체

황선화

대저생태공원에서 대금 연주를 듣고, 요산문학관 곁 뜰에서 판소리를 들었다. 갈맷길 따라 일광에 가고 가덕도에도 갔다. 길쭉한 부산을 종횡으로 누비는 중심에 보수동 책방골목이 있었다. 혼자 나선 길은 보수동으로 향했고, 친구들이 오면 책방골목부터 소개했다. 무시로 드나드는 동안 자주 귀를 열게 한 이름이 있었다. '대우독서회'. 책방골목 터줏대감인 대우서점의 독서회라는 것만으로도 좋긋할 만한데, 책방의 오랜 단골들로 이루어진 모임이라니 당장에 욕심이 났다. 오래된 서점의 오래된 단골들이라니, 순식간에 매료되었다.

잦은 발걸음과 상관없이 대우서점은 쉽지 않은 상대였다. 몇 칸의 서고엔 분야별 책장이 빼곡했고, 사이사이 책탑이 그득했다. 눈을 어디에 둬야 할지 서툰 독자는 문 앞 좌판에 펼쳐진 책들이 만만했다. 한 번쯤 들어본 책들이 편했다. 한 걸음 또 한 걸음, 걸음마를 배우는 아이처럼 책장 앞으로, 가득 쌓인 책들 앞으로 다가섰다. 낯익은 책이 보이면 반가웠고, 펼쳐본 책에 끌리면 집어 들었다. 조금씩 안면을 더해 가는 한편 원도심 인문 강좌에도 부지런히 참여했다.

40계단 한 모퉁이에서 마주친 얼굴을 다시 만난 건 '시인의 식탁'이었다. 매주 한 시인을 만나는 프로그램으로 책방골목 한 귀퉁이 시인의 서점에 차려졌는데, 초대 시인의 시집을 함께 읽는 각별한 경험이었다. 그 시간을 위해 일정을 조율하고 먼 거리를 마다하지 않는 이들 역시 특별한 감흥이었다. 그저 즐겁게 시를 읽는 재미를 발견한 시간이기도 했다. 또 하나의 소득은 상상 속 대우독서회의 실물 버전을 마주한 것이다. 개별적 참여였음에도 몇 분의 독서회 회원들과 안면을 트게 되었다. 책방골목 역시 점점 친근해져 갔다. 그리고 다음 해 독서회에 참여하게 되었다. 욕심이 통한 건지 바람이 건너간 건지, 2018년 4월이었다.

잔뜩 긴장한 채로 참여한 첫 모임, 발제는 강의 수준이었다. 하! 사마천을 오래 공부한 분이라고 했다. 이어진 다음 달의 책은 조르조 아감벤의 『호모 사케르-주권 권력과 벌거벗은 생명』이었다. 이런 책을 토론 도서로 선정하는구나, 숨소리도 조용하게 두 번째 모임을 마치고 철학 용어 사전부터 물었다. 기본 교양서 수준의 철학서도 접하지 않았던 터라 난공불락의 요새였다. 철학 용어 사전 또한 일종의 분야가 있다고 했다. 내게 맞는 걸 찾아야 했지만 역시 쉽지 않은 일이었다. 간단한 개념어 사전부터 포스트모더니즘 백과사전까지 구비하게 되었다.

면면이 예사롭지 않은 모임원들과 함께하는 책 모임은 또 하나의 학교이자 든든한 선생님이다. 언뜻 떠오르는 지난 2, 3년의 목록만 해도 다채롭다. 엄선한 한국 문학을 읽고, 그리스 고전을 읽었으며 안목 있는 시선으로 찾아낸 관심과 응원을 보내야 할 지역 작가의 책을 읽었다. 페미니즘 관련 도서도 포함되었고, 이 시대에 문학이 필요한 이유도 함께 읽었다. 제주 4.3 관련 도서도 선정되었다. 개인적으로 첫 발제의 관문도 넘었다. 화면 너머로도 떨림이 전해졌을 테지만 코로나 시기 비대면 모임이라서 얼마나 다행이었는지.

독서 모임의 중심은 책. 책 이야기만으로도 시간은 부족하기만 하다. 개인사에 대한 질문은 거의 없다. 사생활에 관심을 드러내지 않는 것도 세련되어 보인다. 시크하고 도도하다. 그럼에도 끈끈하다. 따로 묻지 않아도 시간을 더해 가는 동안 단풍잎에 스며드는 가을 볕처럼 조금씩 알게 된다. 모임원 한 분이 개인 서재를 마련할 때의 즐거움, 대우서점이 책방골목을 떠나야 할 때의 긴 아쉬움, 다시 섬진강에 펼쳐진 책방을 찾는 발걸음 속에는 공동체의 연대를 넘어서는 애정이 있다.

지난겨울 나의 작은 산문집 출간에 보내 준 축하 또한 감동이었다. 사정이 있어 얼마간 뵙지 못한 분들도 한걸음에 와 주었고, 멀리 계신 분께선 기어코 꽃바구니를 보내 왔다. 가족의 마음이 느껴졌다. 진작에 책을 낸 분들이 많지만, 올해 독서회 선배들의 출간이 줄

줄이 예정되어 있다. 책을 읽고 모이던 자리에 책을 쓰고 축하하는 자리가 더해질 것이다. 읽기는 쓰기로 완성된다는 걸 감각하게 하는 독서회, 아낌없는 축하를 나눌 자리가 벌써부터 기대된다. 물론 책 모임은 책으로 소통해야 한다. 그래야 한다고 믿는다. 한편으로 책 모임은 또 하나의 작은 공동체, 책연으로 맺어진 환대의 공동체다. 외로운 시대, 책 모임이 더 많아져야 하는 이유로 충분하지 않을까.

매파(媒婆)
대우서점

서창호

"똑똑"

문 두드리는 소리에 고개를 돌려보니 신규 선생님 L이 교실 문을 열고 들어섰다.

"선생님, 혹시 가은이(가명)를 아세요?"

"아, 가은이. 예, 알고 말구요. 그런데 L 선생님은 어떻게?"

"아, 맞구나. 가은이는 저랑 매우 친한 친구예요."

그렇게 해서 L을 통해 가은이 소식을 전해 듣게 되었다. 나와 가은이는 고감도 독서 교실을 통해 만났다. 고감도 독서 교실을 시작했던 초창기부터 내가 개설하는 독서 교실 프로그램마다 꾸준히 참가했던 초등학생이 가은이었다. 초등학생 가은이 집은 금정구 부곡동 언저리였다. 독서 교실에 참가하기 위해 저 혼자 마을버스 타고, 지하철로 갈아타고, 다시 시내버스 갈아타고서 참가했다. 집에서부터 보수동 책방골목까지 오는 데 대략 2시간 정도 걸렸다. 책방골목에서 진로 탐색 활동을 하던 때, 더운 날에는 땀으로 옷이 다 젖어 있기도 했다. 가은이가 뭐든 꾸역꾸역 우직하게 참가했기에 나는 가은이를 봐서라도 게으름을 피울 수 없었다. 배우는 사람의 열정과 인내가 가르치는 사람 스스로를 채찍질하게끔 했던 것이다.

2023년 1월에 가은이를 L과 함께 만났다. 가은이도 교대로 진학하여 임용고시까지 마쳤지만, 현장 경험을 해 본 후에 자신의 적성에 맞지 않다고 판단해서 다른 진로를 준비하고 있었다 했다. 이십 대 중반이 된 가은이는 초등학생 때 모습을 거의 그대로 간직하고 있었다. '변하지 않았으면!' 하고 바라는 때가 있다. 그리운 사람이나 고향이 특히 그렇다. 가은이와 긴 수다를 떠는 중에 고감도 독서 교실에 대한 이야기가 자연스레 나왔다. 고감도(苦感跳) 독서 교실이란 읽기가 녹록지 않은 책을 괴로움[苦]을 극복하며 읽어가야 실력이 향상된다는 것이며, 감동[感]을 다른 이와 공유하며 함께 읽기를 지향하는 독서가 더 좋으며, 이런 과정을 지속하다 보면 어느덧 훌쩍 도약[跳]해 있는 자신을 만나게 될 것이라는 뜻을 담아, 읽으라고 권하기만 하고 정작 읽지는 않는 고전류의 책을 읽어 나가고자 내가 만든 독서프로그램이었다.

본격적으로 고감도를 진행한 것은 2010년 겨울방학 때였다. 그해 세모와 이어지는 세초는 엄청난 강추위가 몰아닥쳤다. 방학임에도 불구하고 오전 9시 30분부터 오후 5시까지 이어지는 고감도에는 부산 전역에서 모인 초중고 학생들 50여 명이 열흘 동안 매일같이 동신초등학교에 모여 동서양 고전 읽기로 독서 열기를 활활 불태우고 있었다. 그해 고감도 중에 명사 초청 특강이 있었는데 하루는 보수동 책방골목 번영회장을 맡고 계셨던 대우서점 김종훈 사장님이 오셔서 매우 의미심장한 특강을 해주셨다. 그중 하나는 시중에서나 학교에서 학생들에게 제공하던 필독도서 목록이나 권장도서 목록의 뿌리가 일제 강점기까지 거슬러 올라간다는 것이었는데, 그러고 보니 필독·권장도서 목록에는 유난히 영국과 독일 작가의 작품들이 많았다. 일제 잔재가 우리 의식 깊은 곳까지 스며있다는 생각에 나는 적잖은 충격을 받았다. 그해 고감도에서 사마천의 『사기열전』과 호메로스의 『일리아스』 완역판을 선택한 것은 그나마 다행이라 생각했다. 내가 고감도 참가자들에게 '부산 최고의 서지학자'로 김 사장님을 소개한 게 단순한 미사여구는 아니었던 것이다.

동신초등학교에서 시작했던 고감도는 계속 이어져 2011년 3월부터는 보수동 책방골목 문화관에서 진행하게 되었다. 문화관이 보수동 책방골목 활성화를 위해 다각도로 운영 프로그램을 찾고 있던 때였다. 대우서점과 의기투합해 토요일 오전에 고감도를 문화관 4층에서 진행하기로 했다. 일명 '토요 고감도 독서 교실'. 토요 고감도는 2부로 나눠 진행했다. 1부에서는 책방 대표님이나 책방 단골손님을 초청해 특강을 듣고, 2부에서는 동서양 고전 읽기를 지속했다. 1부 시간에 학우서림, 충남서적, 고서점, 보수서점, 대우서점 대표님들이 오서서 책방의 역사, 헌책방을 잘 이용하는 법, 책의 관리와 보존, 물파스로 낙서 지우기와 파손된 책 보수하는 방법, 전통 방식의 책 묶기, 책하고 산 인생 이야기, 특별히 기억하고 있는 단골손님, 고서 소개, 명저 소개 등 다양한 내용을 강의하셨다. 또한 특강을 마치자마자 각 대표님의 책방으로 이동하여 책방 구석구석을 둘러보았다. 바닥에서부터 차곡차곡 쌓여 천장을 받치고 있는 듯이 쌓아 놓은 책을 보거나 미로같이 복잡한 서가 사이를 누비고 다닐 때는 신세계에 온 것 같았다. 굳이 말하지 않더라도 책이 담고 있는 방대한 내용뿐만 아니라 크기와 두께와 디자인이 그토록 다양하다는 것에 탄성이 절로 나왔다.

책은 인간의 왕성한 호기심, 기록에 대한 집요한 노력의 결실임을 몸 하나 겨우 비집고 다닐 정도의 좁다란 서가 사이사이를 누비면서 온몸으로 체득했다. 이런 체험은 표지만 대강 훑어보는 구경하기가 아니라, 단골손님으로 특강한 정기남 선생님이 보여주신 망원경과 현미경이 동반된 전문 연구자 같은 꼼꼼한 독서에 비견될 것이었다. 고감도 참가자들은 책방 깊숙한 곳에서 케케묵은 책향을 흡입하며 헌책방 대표들의 고단한 인내와 책에 대한 질긴 애착도 함께 느꼈다. 1부의 인기는 정말 대단했다. 내가 대우서점에 본격적으로 걸음을 한 것은 2008년 이후다. 대학원에서 독서 운동을 주제로 학위 논문을 마친 후에 그 분야를 연구하느라 애쓴 것을 사장하지 말고 사회에 조금이나마 기여해야겠다는 부담을 스스로 졌다. 그래서 여러 군데 독서회도 참가해 보고 서점가를 부지런히 서성거리며 논문 쓸 때와는 다른 방식으로 자료를 모으고 사람들을 알아가던 때였다. 지금 돌이켜보면 2008년 무렵 대우서점 김 사장님과 인연을 본격적으로 튼 것은 운명적인 것이 아니었나 싶다. 내가 행했던 많은 독서 교실 프로그램이 대우서점과 어떻게든 연결되어 있었고, 특히 우리 가족이 힘겨운 시절을 보낼 때 김 사장님 내외분이 크게 힘이 되어 주셨던 것이다.

가은이는 고감도, 보수동 책방골목, 대우서점에 대한 기억이 또렷했다. 여전히 가끔 보수동 책방골목을 찾곤 한다 했지만 대우서점이 사라지고 난 후로부터는 걸음이 뜸해지고 있다며 대우서점이 사라진 것에 대해 안타까움을 표했다. 나는 대우서점이 아름다운 섬진강을 끼고 있는 구례에서 더 멋진 섬진강책사랑방으로 탄생했다고 즐겁게 자랑했다. 언젠가 가은이, L 선생님과 함께 섬진강책사랑방에 다녀와야겠다.

사람이 특정 장소를 찾게 되는 것은 필요 때문만이 아니다. 오히려 추억 때문이다. 인연의 자기력이 사람을 끌어당기는 것이다. 대우서점이 그랬다. 먼발치에서 "사장님~" 하고 소리치면, "오셨어요!" 하고 반겨주시던 책방골목길 메아리가 그립다. 대우서점이 없어진 지금, 나 자신도 보수동 책방골목에 잘 가지질 않는다. 그때 내 시선이 꽂혔던 곳에는 생경한 다른 모습들이 자리하고 있는데, 왠지 가슴 한구석에서 울컥하는 아픔이 올라오곤 한다.

내게 대우서점은 책을 구하는 곳만이 아니었다. 여느 책방처럼 요즘 사람들이 어디에 관심 있어 하는지를 빠르게 읽어 낼 수 있는 곳이기도 했고, 더 깊이 공부하기 위해 구하기 힘든 귀한 책을 잠시 대여받던 곳이었으며, 책방 주인과 단골손님들로부터 삶의 지혜를 얻을 수 있는 곳이었으며, 늘 열린 삶의 자세로 적극적으로 살아가는 열정적인 사람들과 인연이 맺어지는 공간이기도 했다. 또 우리 가족에게 있어서 대우서점은 살다가 겪는 우여곡절을 터놓고 이야기할 수 있는 친정 같은 곳이기도 했고 기댈 언덕이 되기도 했다. 오늘도 예전에 김 사장님이 선물해 주신 『한글 아함경』을 펴며 새벽을 연다.

영혼의 틈을 메워주는
따뜻한 만남

김은숙

40대 중반에 가게가 안정권에 들어가며 마감 시간을 과감하게 앞당겼다. 배움의 결핍 등 여러 가지 이유들이 나를 자극했고 애들도 어느 정도 성장했기 때문에 가능한 일이었다. 일과를 마치고 저녁 시간에 보수동 책방골목 문화관에서 진행하는 음악, 미술, 철학 강좌들을 들으며 서서히 나의 내면에서 강렬하게 원하는 욕구를 향해 나아갔다.

인문학 공부를 하던 와중에 부산 원도심 관련 프로그램이 있어 참여하다가 인연이 되어 대우독서회에 발을 디디게 되었다. 나와 비슷한 성향의 사람들과 교류하다 보니 같은 직업군에서 느낄 수 없는 다양한 면들을 접할 수 있었다. 부산은 나에게 제2의 고향이라 나이와 상관없이 좋은 사람들과 교류하며 친밀해지고도 싶었다. 세상과 사람에 대한 호기심도 작동했고, 모임을 가질 때마다 배우는 것들이 많아 지식도 쌓여가고, 위트나 유머도 나도 모르게 늘어갔다.

초창기 모임은 박정목 선생님 댁에 모여 한시, 영미 시 등 강의를 듣는 형식으로 진행되었다. 1년쯤 지나 회원들끼리 돌아가며 발제하고 토론을 하는 방식으로 바뀌었다. 책의 의미를 보다 더 깊이 있게 공부하고 토론하며 자기 성장으로 발전시켜 가 보자는 의도였다. 잘한 선택이었다. 지금의 방식이 정착되기 전인 아주 초창기에는 '우리 대중가요 역사'라는 주제로 몇 곡의 노래도 감상하고 토론을 하며 색다른 묘미를 느꼈는데, 공감되는 부분들도 많아 흥미로웠다. '커피' 관련 강의를 커피숍에서 듣고, 강의한 회원이 챙겨온 커피 도구들을 실제로 보기도 하였다. 국민 대부분이 즐겨 마시지만 전문 지식은 얕은 분야의 자료를 가지고 담소를 나눈 특별한 시간이었다. '편지'라는 주제로 유명 작가들의 내밀한 면도 엿보고, 연설문과 명문장을 각자가 소개하는 시간도 가졌는데 10명이 다 다른 주제를 선택해 발표해서 신기하기도 했다.

1년 정도 지난 후 책방골목 문화관에서 모임을 가졌다. 장소와 공간이 모임의 성격과 맞는 분위기여서 좋았는데 몇 년 후 중구청에서 직접 관리 운영하면서 저녁 시간이 허락되지 않아 다른 장소로 옮겨 진행하게 된 점이 아쉬웠다. 회원들 집에 방문하여 서재를 구경하며 담소를 나눈 모임들이 기억에 남는다. 희귀 도서, 고서, 관심 분야 서적, 화보, 특정 분야 자료 등 많은 책을 보유한 장서가이자 애서가인 회원들은 책 욕심도 많고 안목도 있었다. '연도'에서 1박 2일로 독서 모임을 했을 때는 'VTS(해상교통안전관리)'에 대한 특강도 듣고, 관제탑도 구경하고, 연도에서 나는 푸짐한 해산물로 저녁 식사를 했었다. 그때 처음으로 아프리카 작가의 책을 가지고 토론을 했는데 그 지역의 문화와 시대적 상황, 배경 등 아프리카인의 삶을 이해하는 데 도움이 되었다.

내가 생각하는 대우독서회의 고마운 점은 회원 간의 유대와 친밀감이 끈끈해지고 서로의 삶이 확장된다는 것이다. 또한, 지속적인 독서 환경이 조성되어 독서와 공부가 평생 학습으로 이어지는 기회가 된다. 혼자 하는 독서는 편독의 위험성을 내포하나, 독서 모임은 한 권의 책을 다르게 해석함으로써 인식의 전환을 가져다주기도 한다. 한 권의 책을 읽고 다양한 생각들이 순환적으로 소통되고 학습이 되어 작품 이해에 효과적으로 작용한다.

그보다 더 좋은 점은 토론할 때 못다 한 얘기를 후기 댓글로 남겨 자신의 생각을 표현하고 정리하는 과정에서 더 정교하게 갈무리된다는 것이다. '책을 읽는 것이 다른 사람을 만나는 일이라면 글 쓰는 것은 나를 만나는 일이다'라고 하듯이 글로 표현하면 그 기록이 남기도 하지만 서로의 생각을 곱씹어 보며 사고의 확장이 일어나는 효과가 있다. 함께하는 책 읽는 모임이 단순히 독서만 하는 모임이 아니라 유대 관계를 통해 사회 관계의 장을 만들고 서로에게 배우고 자극을 받아 건전한 공동체를 형성하는 의미도 크다고 본다.

10여 년의 세월이 흐르는 동안 표면적으로 드러난 책 모임의 성과는 회원들의 책 출간 소식들이다. 글쓰기의 힘듦을 알기에 같이 축하해 주고 기쁨을 공유한다. 독서는 나 자신이 변화해서 사람과 자연에 쓸모가 있는 사람이 되기 위한 것이라 생각한다. 책이 매개가 되어 삶의 여백을 좋은 사람들과 함께하는 것은 영혼의 틈을 메워 주는 거룩한 행위가 아닐까.

대우서점과
나의 연(緣)

박정목

대우서점과 나를 연결해 준 연(緣)의 고리는 물론 책이다. 지금 생각해 보니 과거 한때 책에 대한 나의 집착은 편집증(偏執症)적이라 할 만큼 심했던 것 같다. 특히 외국을 여행할 때 그곳의 서점들을 순례하며 나의 관심 분야인 어문학 방면의 책들을 주저 없이 구입하곤 했다. 몇 가지 실례를 들면, 중국인들이 '계림의 산수는 천하제일'(桂林山水甲天下)이라며 자부심이 대단한 계림을 여행했을 때 그곳 신화서점에서 구입한 『小故事大道理』(작은 옛 고사 큰 도리)는 저명한 중국 학자들이 공동 집필한 어문학과 창작의 소재를 다룬 책으로 지금도 가끔 펼쳐보는 나의 애독서이다.

내게 감명 깊었던 두 곳의 서점가를 빼놓을 수가 없다. 그중 한 곳은 세계적으로 이름이 나 있는 영국 웨일스 지방의 그 유명한 산골의 서점 마을 '헤이 온 와이(Hay On Wye)'로 이곳 어느 허름한 2층

서점에서 구한 셰익스피어 전집과 버나드 쇼와 유진 오닐의 작품들은 나의 문학 공부에 많은 영향을 끼쳤다. 특히 그곳에서 구입한 뒤, 서점 주인에게 부탁해 배편에 부산으로 보낸 두 상자 분량의 어문학 서적과 관련 자료들이 제대로 도착할지 노심초사했는데 그 책들이 모두 비닐 포장이 되어 도착한 것을 보고 서점 주인에게 마음으로 무한한 고마움을 전하며 무척이나 기뻐했던 기억들이 마치 어제 일처럼 선명하게, 지금도 그리운 추억의 한 조각으로 남아 있다.

또 한 곳은 옥스퍼드 대학으로 유명한 학술의 도시 옥스퍼드 대학가 주변의 책방들을 돌며 책 구경에 몰두했던 일이다. 도로 바닥이 큼직한 돌들로 점점이 박혀 있어 중세의 고색창연함이 그대로 살아 있는 좁은 도로들을, 지도를 따라(옥스퍼드에는 시내의 서점 위치를 알려주는 지도가 서점마다 비치되어 있었다.) 서점들을 순례하며 귀중한 사전류들을 구입했다. 쓰다 보니 쓰잘데기없는 사설(辭說)이 너무 길었던 것 같다.

나의 책 사랑은 1970년대 후반 부산으로 직장을 옮겨서도 계속되었으며, 특히 대우서점의 김종훈 사장님을 만나면서 더 심화되었던 것 같다. 40여 년 전 부산에서 내가 자주 들린 서점은 서면의 청학서림(당시 부산에서는 가장 컸던 것으로 기억됨)과 보수동 책방골목의 고서점들이었다. 당시 어문학 계열의 책들은 대우서점이 가장 많이 구비하고 있어 자연스레 나의 발걸음은 대우서점 쪽으로 이어졌으며 들릴 때마다 거의 빠짐없이 내 취향에 맞는 책들을 득템할 수 있었다.

내가 지금도 김 사장님에게 고맙게 여기는 것은 어문학 계열의 책들이 들어오면 별도로 모아 두었다가 일단 나에게 선택할 수 있는 기회를 먼저 주었다는 것이다. 그 덕택에 나의 책장을 차지하고 있는 각종 외국어 서적과 사전류들은 대부분이 김 사장님의 손때가 묻은 진한 우정의 선물이라는 생각에 볼 때마다 감회가 새롭다. 그때는 내 취향에 맞는 새로운 헌책들을 만날 때마다 이 책들은 내가 구제하지 않으면 안 된다는 일종의 메시아 심리 상태(Messiah Complex)에 빠져 가당찮은 망상의 늪을 무던히도 헤매었던 것 같다. 때때로 좁은 책방 안에 김 사장님과 마주 앉아 커피를 마시며 즐겁게 담소를 나누던 일, 김 사장님과 함께 그 선량하고 인성 좋던, 지금은 고인이 된 우리 글방의 노상길 사장님 병문안 차 들렀던 땅끝마을의 어느 요양병원에서의 안타까웠던 사연들, 그리고 그곳 해남의 빼어난 풍광의 추억들이 그립기도 하고 한편으로는 가슴이 아리기도 하다. 노 사장님, 그곳 천상에서 부디 복된 영생을 누리소서!

김 사장님이 우리에게 준 가장 큰 선물은 아마도 김 사장님이 주도하여 만든 '대우독서회'일 것이라는 생각이 든다. 초창기 시절 누추하고 비좁은 나의 방에서 열 명 내외의 회원으로 초라하게 출발했던 당시와 견주어 보면 두 가지 측면에서 장족의 발전이 있었다고 생각된다. 첫째는 여러 다양한 분야의 전문성을 지닌 회원분들이 증가했다는 점이고 둘째는 이런 회원분들의 적극적인 참여로 주제의 다양성과 더불어 발표와 토론의 장이 더욱 활성화되어 날이 갈수록 발전과 성장을 거듭하고 있다는 점이다.

"사랑하는 대우독서회 회원 여러분! 우리 독서회를 위한 여러분의 노고와 헌신에 늘 감사하며 이 독서회가 뿌리 깊은 나무로 성장하여 더욱 풍성한 열매를 맺기를 기원합니다. 김 사장님, 그동안 너무 수고 많았습니다. 나로 인해 야기되었을 많은 지난날의 흠결은 부디 기억 저편에 묻어 버리고, 새터에서 사장님 내외분 건강하시고 소망하는 일 모두 성취하시기를 바랍니다. 불현듯 민수, 민희 남매가 보고 싶네요. 다들 잘 지내겠지요. 김 사장님이 지금까지 내게 베풀어 주신 변함없는 후의와 배려에 다시 한번 감사드리며, 재회의 날을 고대합니다."

3장

책벌레들의
독서
시크릿

열일곱에 부모 곁을 떠나 학업으로, 직장 일로 떠난 길은 쭉쭉 뻗은 고속도로만 있는 것이 아니었다. 고꾸라질 것 같은 비탈길도 있었고 들꽃 춤추는 오솔길도 있었다. 때로는 길을 잃고 헤맬 때도 있었다. 늘 출발지로 돌아올 수 있었던 것은 그 길을 나와 함께한 책 덕분이었다. 폭풍우 속에서도 둘러멘 가방 속 책 덕분에 고향 집 구들방 아랫목에 누운 것처럼 등이 따뜻했다. 그 온기를 가슴에 품고 수십 년 책을 끼고 살았다. 독서가도 장서가도 그 무엇도 아니지만 나는 그저 책이 좋다. 책과 더불어 보내는 일상이 즐겁고 책과 더불어 만나는 사람들이 소중하다. 오늘도 가방에 책을 담고 대우독서회에 간다.

박경자 '오늘도 가방에 책을 담는다' 중에

나의
독서편력기(讀書遍歷記)

김경옥

차분하게 비가 내리는 주말 오후, 가벼운 산책길을 나섰다. 빗방울의 무게 때문인지 길바닥에는 가로수에서 떨어진 가늘고 기다란 이팝나무 꽃잎들이 군데군데 널브러져 있다. 하나의 우산을 쓰고 서로의 몸에 밀착해서 걸어가는 젊은 커플들과 중년 부부의 모습이 비 오는 날 또 하나의 풍경이다. 조금 더 걷다 보니, 봉우리들이 어깨를 두르고 마을을 내려다보고 있는 오봉산 모습이 푸근하게 다가온다. 평소 주말에는 가족이나 반려견과 함께 산책 나온 사람들로 북적이던 공원에 나 홀로 걷고 있을 뿐이다. 한가롭게 걷고 있자니 비를 맞은 장미들이 매혹적인 모습으로 발길을 붙잡는다. 은은한 장미 향과 숲속 나무 향이 어우러져 공기는 더없이 신선하다.

비 내리는 날을 좋아한다. 촉촉하게 내리는 봄비, 갑자기 쏟아지는 여름 소낙비, 낙엽 위에 떨어지는 가을비, 스산한 겨울비마저. 무엇보다 밤새 내리는 빗소리를 들으면서 책을 읽으면 독서의 몰입도가 다른 때보다 높아진다. 이때 읽는 책은 나를 다른 세상으로 이동시키는 '리스본행 야간열차'와도 같다. 요즘은 소설 장르의 책을 자주 읽고 있다. 특히 『리스본행 야간열차』처럼 원작을 기본으로 하여 제작된 영화가 있다면 더없이 좋다. 『닥터 지바고』, 『남아 있는 나날』, 『책 읽어주는 남자』, 『참을 수 없는 존재의 가벼움』, 『위대한 개츠비』처럼 말이다. 영화 〈프라하의 봄〉으로 재탄생된 『참을 수 없는 존재의 가벼움』 외에는 모두 책 제목과 동일한 제목으로 영화화되었다. 책을 먼저 읽고 영화를 보든, 영화를 먼저 보고 책을 읽든 그 순서에 개의치 않는 편이다. 원작 내용과 영화를 비교하며 읽거나 보는 것이 작품을 한 번 더 정리하는 기분이 든다.

주로 하루를 마감하는 저녁에 책을 읽다 보니 비문학 책들은 손에 잡히지 않는다. 아니, 책 읽는 시간에 원인이 있기보다 나이 탓인지도 모를 일이다. 20대에는 불교 서적을, 30대에는 사회학 관련 책들을 주로 읽었던 것 같다. 삶의 불안에서 오는 마음을 턱낮한 스님의 글과 명상, 순례기 등의 책을 통해 심리적 안정을 찾았던 것 같다. 조금 더 지난 후에는 주변을 둘러보게 되면서 우리나라 사회, 정치에 관한 책들을 주로 뒤적였다.

직업이 사서이다 보니, 신간 도서가 납품되는 날에는 새 책 보는 재미가 쏠쏠했다. 당시 전북대학교 신문방송학과 강준만 교수의 글은 사회에 많은 영향을 끼치며 새로운 책들을 많이 쏟아냈는데, 그의 글을 읽고 시사주간지 등을 찾아서 함께 읽기도 하였다. 사회·정치 비판적인 책들을 읽으며 도서관학 대신 신문방송학을 전공하는 게 나의 적성에 더 맞지 않았을까 생각하기도 하였다. 주간지 말이 나온 김에 하나 더 첨부하자면, 영화 잡지 〈씨네21〉 또한 즐겨 봤다. 국내 외 영화에 대한 고급 정보들을 알 수 있었던 이 잡지는 부산 국제영화제가 개최되면서 더 인기를 끌었던 것 같다.

어느 날 신간 도서 중에 재미있는 책 제목이 눈에 들어왔다. 『취향입니다. 존중해주시죠』. 책 제목에는 느낌표가 없지만, 왠지 느낌표를 붙여야 할 것 같은 제목이지 않은가! 책 읽기에도 각자의 취향이 있다. 동료 중에 주야장천 로맨스 소설만 읽는 사서가 있었다. 뻔한 이야기일 것 같은 로맨스 소설이 지겹지 않냐는 나의 질문에 읽을 때마다 신선하다는 답이 돌아왔다. 당시 그녀는 나처럼 장성한 아들을 둔 40대 후반의 주부이기도 하였다. 몇 년 전 명예퇴직한 그녀는 50대가 된 지금도 로맨스 소설을 읽고 있을까? 내가 로맨스 소설, 아니 로맨스 만화를 즐겨 읽었던 것은 초등학교 저학년 때였다. 동네 만화방에 처박혀서 『캔디캔디』의 테리우스, 『베르사유의 장미』의 오스칼에게 얼마나 빠져있었던가!

어찌 되었든 나는 문학 책들이 손에 잘 안 잡혔다. 소설도 그렇거니와 에세이는 더 외면하는 경향이 강했다. 그나마 번역가로 널리 알려진 안정효의 절제된 글과 김훈의 담백한 글은 좋아했다. 40대 후반부터 시작한 독서 모임에서 읽기 시작한 소설들은 좀 더 다양해졌는데 밀란 쿤데라, 파스칼 키냐르의 책들은 여러 번 토론 주제로 올리기도 하였다. 특히 두 작가의 소설 내용은 어려웠는데 이런 책들일수록 혼자 읽는 것보다 여러 사람들과 의견을 공유하는 것이 폭넓게 이해하는 데 많은 도움이 되었다.

독서 모임을 하면서 읽고 토론할 책들은 개인적으로 구입하여 읽었다. 도서관 책들은 반납 기한도 지켜야 할뿐더러, 밑줄을 긋거나 포스트잇을 붙이기도 불편해서 구입할 수밖에 없었다. 90년대에는 영광도서에 현장 수서 나갔다가 책을 구입하는 경우가 많았고, 도서관과 거래하는 서점에 개인 구입을 의뢰하면 직원 할인율이 높아서 자주 이용하기도 하였다. 이마저도 2003년 도서정가제 시행 이후부터는 온라인 서점에서 주로 책 구입을 하게 되면서 서점에 직접 가서 책을 고르는 즐거움도 사라졌다.

우리네 삶은 날씨의 변화만큼 다양하다. 비를 좋아하는 내가 한 해 두 해 나이가 들면서 햇볕이 환하게 비추는 날 또한 좋아함을 알게 되었다. 노안이 온 이후로 돋보기 없이는 책을 읽을 수가 없지만, 책은 언제나 가슴 설레게 하는 무엇이다. 새 책을 펼칠 때의 기대감은 나의 큰 즐거움이다. 또한 소설 읽기를 통해서 타인의 삶에 공감하는 것이 중요함을 알게 되었다. 오늘 밤에도 나는 자기 전에 책을 펼쳐 들 것이다. 그러다가 바로 꿈에 빠지게 되더라도 말이다.

오늘도 가방에
책을 담는다

박경자

오래된 습관이다. 길을 떠날 때면 늘 가방에 책 한두 권을 넣는다. 열일곱 살부터 지금까지 40여 년을 무수히 떠난 길에 함께 한 책과 켜켜이 쌓인 추억으로 슬며시 미소 짓는다. 내용은 까마득한데 그 책을 들고 탔던 교통수단도 생각나고 심지어는 책을 내려놓던 민박집 방안 풍경마저 선명하게 떠오른다. 학창시절 방학을 맞아 고향으로 가는 뱃길에서는 베개가, 출장길에서는 휴식과 에너지의 원천이, 여행길에서는 처치 곤란한 짐이 되기도 했다.

요양병원에 있는 엄마를 만나러 가는 날이다. 이른 아침부터 끓인 호박죽을 담은 보온병, 커피를 담은 텀블러, 생수, 수첩, 필통, 화장품 파우치 등으로 이미 가방은 무겁다. 12시 20분 서울행 비행기 시간이 다가온다. 급히 책장에서 읽다가 만 소설 『홍합』과 시집 『지독히 다행한』을 가방에 넣고 집을 나선다. 가방이 아래로 처진다. 얼마 전 울릉도 여행길에도 책을 바리바리 싸 들고 갔다. 크루즈 침대 안에서 읽을 책, 버스에서 읽을 책, 카페에서 읽을 책, 낮에는 걷고 밤에는 책을 읽으리라. 설렘으로 대형 캐리어에 10권을 담았다. 계획은 파도처럼 부서졌다. 배안에서는 멀미로 비몽사몽이었고 봄나물 마무리로 바쁜 오빠를 도와 미역취, 참고비 손질하느라 녹초가 되어 밤에는 곯아떨어졌다. 엄마가 있을 때는 하지 않았던 나물을 뜯고 부엌에서 밥을 하고, 엄마가 걸었던 그 길을 걷고 걸었다. 2주간 머물면서 비 오는 하루, 몇 권의 책을 뒤적이다 힘겹게 끌고 나왔다.

영일만 터미널로 마중 나온 남편이 더 무거워진 캐리어를 차 트렁크에 실으면서 이 무거운 걸 끌고 배를 오르내렸냐며 의아해했다. 이런 일들이 비일비재해서 나에게는 익숙하지만 보는 사람 입장에서는 이해가 안 되는가 보다. 직장 다닐 때도 동료들이 도서관에서 보는 책도 엉성시러븐데 출장길까지 들고 다니느냐며 한 소리씩 하곤 했다.

돌이켜보면 재미있는 에피소드도 많다. 2009년 여름이었던 걸로 기억한다. 국립어린이청소년도서관에서 주관하는 심포지엄에 참석하기 위해 동료들과 강원도 속초까지 고속버스를 타고 출장을 갔다. 7시간 정도 걸리는 먼 길이었다. 왕복 14시간에 읽을 요량으로 500페이지가 넘는 『앵무새 죽이기』를 챙겼다. 기차나 비행기처럼 선반이 없는 고속버스는 책을 손에 들고 읽어야 했다. 한 시간도 채 지나지 않아 팔이 점점 아파 오고 집중력이 떨어졌다. 동료가 건네는 과자를 먹으며 수다 삼매경에 빠져 책은 아예 가방에 집어넣었다. 중간 중간 들르는 휴게소에서 간식을 사 먹고 입이 아프도록 수다를 떨어도 목적지에 도착하지 않아 잠을 청했다. 책 읽기에는 매우 불편한 곳이 고속버스라는 걸 체험한 것으로 만족했다. 1박 2일의 심포지엄을 마치고 우리는 고속버스터미널에서 하염없이 부산행 버스를 기다렸다. 7시간 갈 길도 아득한 데다 다음날 출근할 생각에 출발도 전에 우리는 소금에 절인 배추 같았다.

나는 터미널 매점으로 가서 소주 한 병과 종이컵, 과자를 사서 터미널 앞 광장으로 나왔다. 동료들은 벤치에 앉고 나는 업무수첩을 엉덩이에 깔고 앉았다. 시멘트 바닥에 『앵무새 죽이기』를 놓고 그 위에 소주병과 과자를 펼쳤다. 처음에는 쭈뼛쭈뼛하던 동료들도 한잔 마시고 자자며 가세했다. 10년이 넘는 세월 속에 술잔을 기울이던 동료들의 얼굴은 희미하다. 하지만 책장 한 편에 누워 있는 『앵무새 죽이기』를 쳐다만 봐도 동료들 웃음소리, 광장에 일렁이던 바람, 목젖을 타고 흐르던 알코올의 찌릿함까지 살아난다.

1992년 봄, 서울 국립중앙도서관에 3주 직무 교육을 갔다. 문학실에서 대출한 루쉰 산문집 『아침 꽃 저녁에 줍다』와 소설집 『아Q정전』을 가방에 담고 갔다. 숙소는 그 당시 국립중앙도서관 교육생들이 주로 머물렀던 서래마을 에덴장모텔로 정했다. 일하는 것보다 교육이 더 힘들었다. 9시부터 6시까지 하루 종일 강의를 듣고 분임토의를 하고 시험을 쳤다. 부산에서 같이 간 동료들도 없어서 나는 교육을 마치면 저녁을 먹고 서래마을을 한 바퀴 돌고 에덴장에서 루쉰을 읽었다. 교육 마지막 날인 금요일 저녁, 옆방에 머물렀던 교육생들도 모두 떠났다. 나는 월차를 내고 온 남편과 주말에 서울 나들이를 하고 일요일에 부산으로 갈 생각으로 에덴장에서 하루 더 묵었다.

그랬는데 매캐한 냄새와 요란한 소리에 잠이 깼다. 방문을 여니 복도는 연기로 자욱했고, 사람들이 불이야 하며 허둥지둥 나가고 있었다. 급하게 옷을 입고 나는 루쉰의 책부터 챙겼다. 남편도 손에 잡히는 대로 가방에 담았다. 우리는 사람들이 몰려가는 곳으로 따라갔다. 모텔 옥상이었다. 검은 연기가 치솟는 건물 옥상에서 두려움과 추위에 떨며 한참을 보냈다. 다행히 불은 진압되었고 우리는 방독면을 쓰고 소방관의 지시에 따라 1층으로 무사히 내려왔다. 택시를 타고 서울역에 도착해서야 한숨 돌리고 가방을 열었다. 지갑, 루쉰 책 두 권과 옷가지가 들어있었다. 남편이 가방을 뒤적이며 시계가 없다고, 책 옆에 벗어두었는데 하며 아쉬워했다. 비싼 시계는 아니지만 내가 남편에게 준 결혼 선물이었다. 에덴장에 문의해 봤지만 시계는 찾을 수 없었다.

문학실 동료에게 '결혼 시계는 팽개치고 불 속에서 구한 책 반납한다'라며 루쉰 책을 내밀었더니, "이까짓 게 뭐라고. 똑같은 책 사서 반납하면 되는데. 시계나 챙기지. 뼛속까지 사서다."라며 웃었다. 화재의 트라우마가 컸던지 그 이후로는 루쉰 책을 쳐다보지도 않았다. 퇴직하고 출장길이 없어지니 새로운 여정이 생겼다. 한 달에 한 두 번 요양병원에 있는 엄마를 보러 가는 서울행이다. 기차나 비행기를 탄다. 주로 시집, 에세이, 소설을 가방에 담는다. 오늘도 변함없이 챙겨온 책을 펼친다. 배운 것 없고 가진 것 별로 없는 여수 바닷가 여인네들의 비린 삶에 울릉도 바닷물이 출렁인다. 먹먹한 가슴으로 창밖을 본다. 솜사탕 같은 구름 위를 지나고 있다. 시집은 그냥 모시고 가야 할 것 같다.

열일곱에 부모 곁을 떠나 학업으로, 직장 일로 떠난 길은 쭉쭉 뻗은 고속도로만 있는 것이 아니었다. 고꾸라질 것 같은 비탈길도 있었고 들꽃 춤추는 오솔길도 있었다. 때로는 길을 잃고 헤맬 때도 있었다. 늘 출발지로 돌아올 수 있었던 것은 그 길을 나와 함께한 책 덕분이었다. 폭풍우 속에서도 둘러멘 가방 속 책 덕분에 고향 집 구들방 아랫목에 누운 것처럼 등이 따뜻했다. 그 온기를 가슴에 품고 수십 년 책을 끼고 살았다. 독서가도 장서가도 그 무엇도 아니지만 나는 그저 책이 좋다. 책과 더불어 보내는 일상이 즐겁고 책과 더불어 만나는 사람들이 소중하다. 오늘도 가방에 책을 담고 대우독서회에 간다.

나의 독서 습관과 방법

박정목

독서량의 부족 탓으로 내게는 딱히 내세울 만한 독서의 습관과 방법은 없는 것 같다. 다만 책을 읽을 때 좀 더 많이 신경을 기울이는 부분이 있고 완독 후에 독서록을 작성한다는 점 등이 굳이 이름을 붙인다면 나의 독서 습관이요 방식이다. 여기에 초점을 맞추어 첫째, '제목이 말해주는 것', 둘째, '독서록 작성'에 관한 이야기로 나누어 얘기해 보고자 한다.

첫째, '제목'이 말해주는 것. 거의 모든 책은 공통적으로 겉표지와 속표지가 있으며, 책의 동쪽에 제목이 적혀 있다. 저자는 이 제목을 통해 독자의 가슴(감성)과 마음(지성)에 자신이 의도하는 울림을 주고자 한다. 따라서 저자는 자신의 의도를 가장 잘 함축하고 있는 제목을 찾기 위해 숙고에 숙고를 거듭하면서 많은 노력을 기울이기 마련이다. 따라서 나는 책을 접할 때 그 내용을 포괄하고 있을 제목에 유독 큰 관심을 가지고 생각을 하는 편이다. 운이 좋으면 이 제목이 알려주는 것들을 통해 부족한 나의 사고력을 확장하는 데 큰 도움이 되고 있음을 알게 되었다. 먼저 제목에 관해 몇 가지 예시를 통해 말해 보고자 한다.

(예1) 정비석은 그의 수필 산정무한(山情無限)에서 신라 천년 사직이 무너지는 아픔에 괴로워하며 개골산(지금의 창녕군 영산읍에 위치) 바위 묘에 천년도 넘게 잠들어 있는 신라 마지막 왕인 경순왕의 왕자인 마의 태자의 바위 무덤 앞에서 '천년도 수유(須臾)'라며 인생의 허무함과 덧없는 세월을 한탄하며 마의 태자를 애도한다. 그러나 이런 인간사에서 이루어진 슬픈 사연들을 자연이 주는 정, 즉 산정(山情)은 세월의 흐름을 초월하여 그 한결같은 정(情)을 마의 태자에게 베풀고 있는 것이 아닌가, 그것도 무한(無限)하게, 그래서 산정무한인가 보다.

(예2) 천상병 시인은 그의 시 귀천(歸天)에서 '아름다운 이 세상 소풍 끝내는 날 가서, 아름다웠다고 말하리라'라고 읊조렸다. 귀천할 때 이 세상 소풍이 아름다웠다고 말할 수 있는 사람은 어떤 사람일까? 아마도 이 세상을 아름답게 그리고 인간답게 산 사람이 아닐까!

그런데 나는? 만감이 교차한다. 지금부터라도 아름답고 인간다운 삶을 살아가라는 가르침이 내 가슴속 깊은 곳에 울림을 전해주고 있다.

(예3) 헤밍웨이는 그의 불후의 명작 『노인과 바다』에서 산티아고라는 낚시를 업으로 삼고 있는 늙은 어부를 통해 이른바 헤밍웨이 문체라고 알려진, 많은 함의를 내포한 군더더기 없는 빙상체로 포기를 모르는 불요불굴의 인간 정

신과 때로는 선지자와 같은 모습을 묘사하고 있다. 84일간 한 마리의 고기도 잡지 못한 노인은 85일째 되는 날 혼자서 바다로 나가 18인치(5.5미터)나 되는 거대한 청새치를 잡았지만, 청새치의 저항과 노인의 이 노획물을 노리는 상어 무리들과의 주야 3일간에 걸친 생사를 건 악전고투 끝에 온몸이 상처로 만신창이가 된 상태로 뼈만 앙상하게 남은 청새치를 뱃전에 매달고 귀향한다. 노인을 끔찍이 따르는 젊은 도제 마놀린은 불운의 상징이 되어버린 노인과 헤어질 것을 강요하는 아버지의 뜻을 거역하고 다음 출어 때에는 함께 바다로 나가기로 노인과 약속한다. 그리고 노인은 지친 몸을 이끌고 멀리 언덕 위 그의 보금자리인 판잣집으로 돌아와 잠자리에 들어 꿈을 꾸는데 그 꿈속에서 노인은 아프리카의 어느 해안에서의 젊었던 시절 자신과 사자의 꿈을 꾼다. 노인과 바다에는 낭만적이거나 감성적인 요소는 전혀 찾아볼 수 없다. 선악과 생존을 위한 투쟁이 지배하고 있는 바다는 인간 세상의 또 다른 모습과 다름없다. 이런 험난한 바다를 상대로 필사적인 투쟁을 하는 산티아고는 한편으로는 마놀린과 같은 후세를 가르치는 선지자의 모습으로, 또 다른 한편으로는 어떤 난관에도 굴하지 않는 불요불굴의 정신력으로 사자 같은 강인함을 갖출 것을 우리들의 지성에 호소하는 것은 아닐까 하는 생각을 해 본다.

(예4) 미국의 유명 극작가인 유진 오닐의 자전적인 희곡 「밤으로의 긴 여로」는 작가 스스로가 "눈물과 피로 쓰인 오랜 슬픔의 희곡"이라고 고백하지 않았더라도, 제목에 달린 어둠과 슬픔, 암울함과 실망, 눈물 등을 상징하는 '밤'과 이런 밤이 오래도록 지속되고 있다는 '긴 여로'는 비극일 것임을 제목이 말해주고 있다.

둘째, 독서록 작성. 내가 독서록을 작성하는 것은 두 가지 이유 때문이다. 책을 읽다 보면 두고두고 음미하게 되는, 마음에 와닿는, 내 삶의 나침반이 되어줄 것 같은 구절들을 발견하게 되는 경우가 있다. 이런 구절들은 나만의 친구로 오래오래 사귀고 싶은 강한 충동을 느끼게 하며, 이런 친구들이 나를 떠나지 않도록 붙들어 두고 싶다. 한 권의 책을 다 읽고 나면 그 책이 전해주는 철학이나 사상, 삶에 대한 자세 등등을 항상 내 곁에 두고 필요할 때는 언제나 방문하여 그들과 진솔한 담소를 나누며 그들이 주는 충고와 조언을 듣고 싶다. 이것이 독서록 작성의 첫 번째 이유이다.

독서록 작성의 두 번째 이유는 사위어 가는 불꽃처럼 꺼져가는 내 기억력의 보조 장치가 필요해서이다. 요즈음 매사에 깜빡깜빡하는 일이 잦아지고 있다. 이러다가 독서에서 만난 좋은 친구들을 잃을 것 같아 이 친구들을 위해 마련한 집이 나의 독서록이기도 하다. 이 집에서 그들과 오래 교류하고 싶은 것이 나의 바람이다.

사람을 만나
책에 빠지다

서창호

한때 이런저런 독서회에 너무 많이 참가해서 스스로 책 고를 기회가 없었다. 그때그때 특정 독서회에 참가하기 위해 읽어가야 할 책에 짓눌렸다. 시간과 체력이 감당할 수 없어 하나둘 독서회를 떠났다. 타의로 읽게 된 책들이었지만 어떤 책은 개안(開眼)한 것처럼 뇌를 시원케 했는가 하면, '뭐 이런 책을?' 하고 불편한 때도 있었다. 그런데 지나고 보니까 그런 경험들도 책에 대한 내 나름의 안목이 형성되는 공부였다.

이렇게 저렇게 책을 가까이하며 살다 보니 자연스레 책 좋아하는 이들과 교류하게 되었다. 선배 한 분은 목숨 걸듯 책을 읽었다. 어느 날, '분노'로 쓴 책이라면서 사마천 『사기』를 소개했다. 그때가 내 나이 사십 대 초반. 당시 존경하던 선배의 추천이라 나도 『사기』를 읽게 되었는데 금세 빠져들었다. 하나둘 사 모은 『사기』 관련한 책이 꽤 된다. 이것이 나중에 고감도 독서 교실을 시작할 때 든든한 바탕이 되었다. 『삼국유사』에 빠진 대학 동기는 자주 나를 불러 문화 유적 답사를 갔다. 친구 덕에 『삼국유사』도 읽고 우리 국토와 우리 문화에 대해 자주 생각하게 되었다. 그 분야의 책, 국내 곳곳을 소개한 여행 관련 책이 점점 쌓여가고 있다. 얼마 전에 다른 친구도 합류했다. 『삼국유사』 좋아하는 친구 부인이 '동방박사 세 사람'이라 이름을 붙여주어 우리 모임을 '동방박사' 모임으로 칭하기로 했다. 동방박사 둘이 추천해 준 『낭만적인 고고학 산책』(C.W.세람)을 읽었다. 이 책을 읽으면서 예전에 내 아내와 아들과 함께 다녀온 그리스 여행이 떠올랐다. 그때 찍은 사진을 들여다보며 다시 지중해 여행을 가고 싶어졌다.

후배 선생님이 하루에 60쪽씩 읽고 가벼이 독후감을 올려보자고 밴드를 개설했다. 2022년에 310일 독후감을 올렸는데, 매일 숙제 같아서 힘들기도 했지만 다른 분들의 글을 통해 어떤 생각으로 살아가고 있는지 느낄 수 있었다. 나의 표현력이 점차 달라지는 것도, 서로의 글을 통한 교류로 더 가까워지는 것도 느꼈다. 대학원에서 공부할 때 지도교수께서 시민들을 대상으로 미국 시카고 대학에서 행하는 '위대한 저서 읽기' 프로그램을 진행하고 있었다. 부산에 이 프로그램을 처음 옮긴 게 나였지만, 개인적인 사정이 있어 여러 해를 진행하다 그만두었다. 한창 열정을 불태울 때는 근무하던 학교마다 선생님과 부모님들이 함께 참여한 '위대한 저서 읽기' 독서회를 진행했다. 서양 고전에 발 들인 것은 이 프로그램 덕분이었다.

　학교에서 행하던 모임 외에 별도의 서양 고전 읽기 모임도 있었다. 이 모임이 내가 속한 독서회 중 가장 오래 갔다. 아우구스티누스 『고백록』에서 마르쿠스 아우렐리우스 『명상록』으로 넘어갈 즈음에 회원 한 분이 천문학 분야로 옮겨가자고 제안하여 그때부터 방향을 돌려 칼 세이건부터 시작하여 스티븐 호킹, 아인슈타인, 슈뢰딩거 등으로 옮겨갔다. 광활한 우주에 대한 관심은 작고 작은 미립자 세계로 이어지다가 찰스 다윈을 시작으로 진화론에 닿았다. 리처드 도킨스, 스티븐 제이 굴드 등을 살펴보았고, 제임스 D. 왓슨의 DNA를 보다가 뇌과학 분야로 옮겨갔다. 유발 하라리의 『사피엔스』를 통해 빅히스토리 영역에 눈뜨게 됐다. 그때부터 이 분야의 책도 눈여겨본다.

　한편, 대우독서회는 내 관심이 어느 쪽으로 쏠려 있을 때 균형을 잡아주는 역할을 했다. 매달 독서회에서 발제하는 회원들의 전문 분야가 다 다르기 때문에 그것이 다양한 책 선정으로 이어지고 내게도 영향을 미쳤다. 그러니까 내 경우는 만나는 사람을 통해 관심 분야가 넓어진 것이다.

　그리고 책을 읽을 때 머리에 잘 들어오지 않으면 다시 읽고 또 읽고 따라 쓰기를 해 보기도 한다. 그래도 안 되면 건너뛰거나 읽기를 포기한다. 내 능력 밖이거나, 쓴 사람의 잘못으로 규정한다. 억지로 정복하고픈 그런 열정은 진작에 버렸다. 그 책 말고도 읽을 책이 숱하게 널려 있는데 그것에 내 목숨을 1초라도 더 할애한다는 건 어리석은 일이다. 그러니 잘 써진 책, 잘 읽어지면서도 내 인식의 경계를 확장해 주는 책을 만나면 그지없이 반갑고 고맙다. 읽다가 좋은 책이다, 중요한 책이다 싶으면 두 번은 읽는다. 그런 후에는 곧잘 잊어버린다. 내 뇌는 쉽게 포맷되곤 한다! 그럴 때 나는 지금 읽는 그 책만 읽는 느낌, 딱 '현재'만 읽는 것 같은 느낌이 들곤 한다.

새벽 5시쯤 일어나 책을 읽는 순간이 가장 평화롭고 행복하다. 가족들이 깊이 잠든 새벽에 거실에 나와 책을 읽을 때 창문 너머로 빗물이 부드럽게 내리는 순간은 정말 행복했다. 전날 밤 시내 서점에서 사 온 몇 권 책을 하나하나 잡고 책 표지에 볼을 대면서 감촉을 느끼고 독서를 시작한다. 새벽에 일어나 조용한 세상 속에서 책을 혼자 읽는 그 순간에, 세상에 나 혼자 존재하는 듯한 환상을 느끼며 책 속에 깊이 빠져든다. 새벽 독서 시간에 책에 깊이 빠졌다가 잠깐 커피를 마시며 책 내용을 떠올릴 때 세상에 이런 행복이 어디 있는가 싶다.

최선길 '편독(偏讀)이 정말 심하다' 중에서

책갈피와
책수레

박정은

처음부터 그러진 않았지만 평소에 나는 책을 두세 권씩 동시에 읽어 나가는 편이다. 언제부턴가 이 방식이 몸에 배어서 읽다가 멈춘 지면과, 유독 좋았던 지면에 '포스트잇'이라는 붙임쪽지를 책갈피로 끼워놓곤 하는데 그러다 보니 언제나 내 주변엔 이런 책들이 마구 널브러져 있다.

책은 주로 책상에 앉아서 읽지만, 자기 전 침대에 누워서 읽을 때는 손등에 포스트잇 몇 개를 붙여놓고 있다가 여기다 싶은 지면을 만나면 언제든 떼어 붙이곤 한다. 문제는 그러다가 잠이 들거나 하면 포스트잇의 행방이 묘연해지는 것인데, 그게 침대 시트에서 종종 붙어 나오기도 하고, 옷에도 붙어 나오다 보니 어느 날은 엘리베이터에서 만난 이웃분이 나의 추리닝 바지를 노려보다가 너덜거리는 포스트잇을 떼어 준 적도 있다. 물론 한번 잡은 책을 일사천리로 죽

완독하고 다음 책을 읽는 것이 가장 일반적이고도 좋은 방식일 것이다. 그러니 끊었다 다시 읽으면 과연 흥미와 맥락이 연결될까 싶지만, 습관이다 보니 즐겁고 나름 효율적이기도 하다.

이렇게 된 데에는 또 그 연유가 있다. 책 모임 등에서 두껍고 난이도 높은 책을 강독할 때 미리 혼자 읽다 보면 반드시 고비를 겪기 마련인데, 나는 그럴 때마다 일단 포스트잇을 끼우고, 분위기를 바꿨다. 쉽게 잘 읽히면서도 마음이 편안해지는 가벼운 책들로 머리도 식히고 좋은 말은 필사도 하면서 즐기다가, 앞서 읽던 골치 아픈 책을 다시 잡는 방식으로 독서를 했다. 예를 들면 질 들뢰즈와 펠릭스 가타리의 1천 쪽짜리 벽돌 책 『천 개의 고원』을 읽다가 진이 빠질 때 수시로 책갈피를 끼우고, 소설이나 에세이 등을 번갈아 읽으면서 각기 다른 책이 주는 매력에 빠지곤 했다. 하지만, 놓지도 끊지도 못할 만큼 재미있는 책을 만나면 당연히 한 번에 읽는다.

좋은 책을 수레에 실어 놓고 반복해서 읽는 것도 오랜 습관이다. 집에다가 수레를 두 대 두었다. 바퀴가 달려있고 각각 40여 권 정도의 책이 항상 실려 있으니 책수레인 셈인데, 수레에는 오랜 시간에 걸쳐 다 읽은 책들이고 어떤 책은 여러 번 반복해서 읽었는데도 그냥 곁에 두고 싶은 책들을 실어 놓았다. 그러다 더 애착이 가는 책을 만나면 교체하고 거실 책장으로 보내곤 한다. 독서가들은 다 같은 생각이겠지만 세상의 모든 훌륭한 책들은 시간을 초월해 현재성을 갖는다. 책수레의 좋은 점은 잠들기 전 휘적휘적 팔을 뻗어 그날의 기분에 따라 읽고 싶은 한 권의 책을 뽑아 들면 된다는 것이다. 그러면 실패 없는 책들로 마음의 안정과 위안을 얻는다.

수레에 실려 있는 책을 몇 권만 소개해 보자면, 우선 배수아 작가가 번역한 페르난두 페소아의 『불안의 서』 같은 책이 있다. 책 전체에 멜랑콜리한 정서가 자욱하게 스며있지만, 내면으로 영혼으로 써 나간 글들은 문득문득 나를 붙든다. "우리는 대부분 우리 자신의 바깥에서 산다. 삶이란 지속되는 산란이다. 그러나 삶은 우리를 우리 자신이라는 중심으로 끌어당긴다. 우리는 행성이 되어 아득하고 부조리한 타원을 그리면서 우리 스스로의 둘레를 돈다"와 같은 문장의 매혹을 어찌 떨칠 수가 있을까….

마르쿠스 아우렐리우스의 『명상록』도 수년간 책수레를 지키고 있다. 늠름하게 생긴 로마 제국의 황제 마르쿠스 아우렐리우스가 이민족과의 전쟁 중에 쓴 철학 일기로, 전쟁을 지휘하는 황제의 무게와 압박을 스토아 철학의 힘으로 견뎌 가며 자신을 성찰하고 독려하는 책이다. 주어진 운명을 감내하며, 아파테이아(apatheia)라는 평정심을 유지하도록 격려하는 잠언집이자 철학서인 이 책을 닳도록 읽고, 독서회에서 발제도 했다. 단호하고 힘 있는 마르쿠스의 한마디 한마디는 언제나 든든하다.

말이 필요 없는, 조정래 작가의 『황홀한 글 감옥』에도 책갈피가 펄럭인다. 독자들의 질문에 답하는 형식이지만 그 안에 작가의 문학관, 인생관이 다 녹아 있어 마치 작가의 자서전을 읽는 듯하고 엄혹

했던 시절 『태백산맥』 등의 대하소설을 써나갈 때의 치열함은 감동 그 자체다. 신영복 선생의 『강의』는 동양고전을 잘 읽기 위한 친절한 길잡이로 수레에 있고, 전상국 교수의 『소설쓰기 명강의』 같은 뜬금 없는 책도 있다. 내가 소설을 쓰려고 보는 것이 아니라 소설책을 제 대로 읽고 감상하는 데 도움이 될 뿐 아니라, 소설가가 쓴 책이다 보 니 이론서인데도 너무 문학적이라 끼고 있다.

　시집으로는 나희덕의 『어두워진다는 것』, 권대웅의 『나는 누가 살 다 간 여름일까』, 신철규의 『지구만큼 슬펐다고 한다』 등이 있다. 또 한 『논어』, 『도덕경』 등 동양 철학서, 윌 듀랜트의 『철학이야기』, 파 스칼의 『팡세』를 비롯한 다양한 서양 철학서들도 수레에 가득하다. 모두가 변치 않는 나의 연인이자 인생의 선배들이다.

편독(偏讀)이
정말 심하다

최선길

특정한 시간에 매이지 않고 자유롭게 책장에서 무작정 읽고 싶은 책을 꺼내 읽는다. 필(Feel)이 꽂혀 몇 시간 집중하여 계속 읽을 때가 있는가 하면 단 5분 만에 책을 접을 때도 있다. 그리고 책상 위에는 여러 가지 책을 펼쳐 놓고 병행해서 읽는 경우가 많다. 이 책을 읽다 보면 다른 책을 읽어야 할 것 같고 저 책을 읽다 보면 또 다른 책이 필요하여 책상 위엔 대여섯 권이 쌓인다.

한 권을 통독하다가 다른 책이 생각나면 그것을 꺼내 읽고, 또 다른 책이 떠올라 그렇게 하다 보면 대여섯 권이 책상에 놓인다. 그래서 한 권을 읽어 내도 온전히 그 책 내용만 머릿속에 남는 것이 아니다. 마구 섞여 버린다. 그래서 나의 독서 방식은 체계적이지 않다. 그냥 읽고 싶은 대로, 생각나는 대로 여러 권을 병행하여 읽었기 때문이다. 그래서 읽은 책 내용이 얽히고설킨다. 그래도 책 읽기는 삶의 큰 행복이다. 그래서 여러 독서회에 가입하여 책을 읽으면 좀 더 체계적이 되려나 하고 기대했지만 읽을 책 권 수만 점점 늘어난다. 그렇게 평생 살아오다 보니 새해만 되면 올해는 100권을 반드시 읽어야지 하면서 읽은 책 목록을 적었다. 그것도 1월을 채 넘기지 못했다. 이젠 현직에서 물러나 본격적인 노후 세대에 접어들었기 때문에 별다른 독서 계획도 세우지 않고 시내 서점에 가서 즉흥적으로 사고 싶은 책을 여러 권 구입해 온다.

지금 내 지난 삶을 돌아보니 나의 독서 방법에 치명적인 결함이 있는 것 같았다. 바로 '인정욕구' 때문이다. 누군가의 인정을 받고 싶은 욕망 때문에 책을 읽어서 지독하게 편독(偏讀)을 하게 되었다. 우리가 흔히 편식이 나쁘다고 한다. 그런데 편독의 폐해도 만만치 않다. 그럴 때는 스스로 합리화한다. 세상에 그렇게도 많은 책을 어찌 다 읽나. 그냥 읽고 싶은 책만 읽지 뭐. 안 그래도 짧은 인생에 바쁜 삶인데 말이지.

어릴 때는 내가 책을 읽고 내용을 설명하면 어머니께서 정말 좋아하셨다. 특히 고전소설 『조웅전』과 『사씨 남정기』는 초등학교 시절 읽고 또 읽었다. 그리고 들에서 어머니와 함께 일할 때 곁에서 소설 내용을 들려주면, 어머니께서는 그 시간을 너무 행복해하셨다. 학교에서 독후감을 적으면 그 책을 읽은 학생이 거의 없어서 선생님들의 사랑을 독차지했다. 상장을 받아오면 어머니께서 방문 위 벽에다 차례로 붙여놓고 동네 아지매들에게 즐겨 자랑했다. 학교 도서관에 가서도 그런 종류의 책에만 눈길이 갔다. 또 임진왜란을 배경으로 한 책들도 좋아했다.

중학교에 입학하니 두 개 초등학교가 모여 있어서 경쟁의식이 강했다. 학생 수는 우리 쪽이 많아서 학급 반장 선거를 하면 쪽수만 믿었지. 그리고 월례고사 우수학생 시상식에 어느 학교 출신이 많은가도 커다란 관심 사항이었다. 친구들의 희망이었다. 평소 학교 도서관에 자주 출입하고 책을 많이 읽은 덕분에 내가 우수상을 받으면 친구들은 모두들 자기들이 받은 것처럼 환호하고 크게 박수를 쳐 주었다. 속마음도 그랬을까 싶지만. 중고등학교 시절엔 역사와 지리 분야 책에 관심이 많이 갔다. 아이들이 나에게 '지리 천재'라고 불렀다. 그런 칭찬이 너무 좋아서 도서관에서 지리부도를 빌려와 전 세계 나라의 수도를 모두 외웠다. 수업 시간에 지리 선생님께서 직접 테스트도 했는데, 그 당시 물었던 나라들 특히 아프리카 소국들의 수도를 모두 맞혔을 때 교실에는 엄청난 환호성이 있었다. 그렇게 친구들의 칭찬을 받고 싶어 역사와 지리책만 줄곧 읽었다.

성인이 되고 교직에 오랜 기간 몸담으면서 학생들이 좋아하는 책을 주목했다. 특히 수업 시간에 아이들이 재미있어하는 책들을 중심으로 독서를 했다. 문학 작품 배경이 되는 역사적 사건을 좀 더 정확하고 재미있게 설명하기 위해 조선왕조실록 텍스트를 재해석한 책들이 그 대상이었다. 어떤 책을 읽을 것인가와 읽은 책의 목록을 작성할 것인가에 대한 계획 자체가 없이 그냥 그때그때 읽고 싶은 책들을 즉흥적으로 골랐고 감상문은 시간이 되면 블로그에 가볍게 언급하는 정도였다. 서점에 가서 책을 고를 때는 집에 가서 금방 다 읽을 것 같지만 막상 집에 가면 한두 페이지를 읽다가 그냥 침대에 쓰러진다. 첫 장만 읽고 내팽개친 경우도 많다. 어쩌다 한 권을 긴 시간 동안 읽어 내면 앞에서 읽었던 내용이 잘 떠오르지 않아 허무한 경험도 많았다.

다시 말하지만 나의 독서 방식은 결코 체계적이 아니다. 특정한 테마의 책에 꽂히면 그 분야의 책에 집중하게 된다. 10여 년 전에 우연히 손에 든 중국의 젊은 작가 차오성의 『이사, 천하의 경영자』상, 하권을 몇 번이나 탐독한 뒤 사마천의 『사기열전』에 빠지게 되었다. 그때부터 『사기열전』 관련 책들을 많이도 읽었다. 『사기열전』 번역본은 2012년에 처음 접한 뒤 국내 번역본을 거의 모두 구입했다. 그런데 원전이 사마천의 『사기(史記)』임에도 각 번역서들의 내용이 다양한 것이 인상적이었다. 스스로 『사기열전』 전문가라고 착각할 정도가 되었다. 사람들이 나를 보고 『사기열전』에 대해 질문을 많이 하면서 "역시~"라고 하며 인정해 주어서 이 책에 더욱 빠지게 되었다.

편독 경향이 강한 것과 더불어 특이한 독서 방식이 있다. 새벽 5시쯤 일어나 책을 읽는 순간이 가장 평화롭고 행복하다. 가족들이 깊이 잠든 새벽에 거실에 나와 책을 읽을 때 창문 너머로 빗물이 부드럽게 내리는 순간은 정말 행복했다. 전날 밤 시내 서점에서 사 온 몇 권 책을 하나하나 잡고 책 표지에 볼을 대면서 감촉을 느끼고 독서를 시작한다. 새벽에 일어나 조용한 세상 속에서 책을 혼자 읽는 그 순간에, 세상에 나 혼자 존재하는 듯한 환상을 느끼며 책 속에 깊이 빠져든다. 새벽 독서 시간에 책에 깊이 빠졌다가 잠깐 커피를 마시며 책 내용을 떠올릴 때 세상에 이런 행복이 어디 있는가 싶다.

그리고 특이한 독서 방식이 하나 더 있다. 추억을 더듬어 고향 마을 낙동강 변을 찾아가 낙조와 함께 저녁노을이 물결 조각 조각마다 물든 강물 위로 비상하는 잉어 떼를 바라보며 고향 마을 강변 허름한 식당 평상에 기대앉아 책을 읽는다. 저녁 무렵 출발하여 두 시간도 채 걸리지 않는 그곳 달성군 논공면 위천 낙동강 변이다. 어린 시절 우리 집 식구 다섯이서 청량한 강바람을 맞으며 밭 갈고 무배추를 심던 곳, 내 첫사랑을 만난 수박밭엔 여름 내내 전설이 서리었다. 오랜 세월 말없이 서 있는 수양버들 아래 평상에서 막걸리와 함께 앉았다. 책을 읽다가 가만히 서녘 하늘을 바라보면 황혼이 서서히 지고 오실 나루터에 보름달이 고개를 넘어오는 날에는 어린 시절 추억으로 깊이 빠져든다.

다섯 번 만에야 만난
'희미한 너의 모습'

이준영

늘 그랬다. 책을 읽을 때는 지은이와 제목을 외우지 않았다. 영화를 볼 때 제목이나 배우 이름을 머리에 두지 못했다. 음악도 마찬가지다. 대중가요도 그러했으니, 클래식은 더 언급해서 무엇하리.

이유는 우선 떨어지는 기억력과 게으름이겠다. 그래도 굳이 변명하자면, 듣고 보고 읽은 게 결국은 나의 어딘가에 축적이 되겠지 하는 생각이 있었던 게 아닌가 싶다. 그렇게 모인 것이 종합 효과를 낳아 나를 더 성숙하게 만들어 줄 것이라는 믿음도 함께했을 것이다. 길거리를 걸어가다가 익숙한 음악이 들려올 때 가수 이름과 노래 제목을 떠올리려고 애를 쓰는 경우가 자주 있으면서도 그 버릇을 버리지 못했다. 글을 쓰면서 언제가 보았던 어떤 영화의 기막힌 한 장면과 대사를 인용하려고 해도 영화 제목을 모르니 검색 엔진만 불이 나기 일쑤였다.

독서 버릇도 마찬가지다. 소설이나 철학, 사회과학 도서를 읽을 때 표지와 목차, 머리말을 건너뛴 채 바로 본문으로 들어가는 책 읽기를 주로 했다. 그렇다 보니 지은이 파악, 저술 배경, 책 구조는 모른 체 줄거리에만 집중했다. 당연히 좋은 문구를 공책에 적거나 따로 외우는 일이 없었다. 같은 책을 두 번 읽은 적도 손에 꼽을 정도다. 경치 구경하듯이 좋은 풍경이 나오는 재밌는 부분에서 조금 더 머무는 게 그나마 기억의 강도를 높이는 방법이었다.

물론 책마다 읽은 방식이 다를 수밖에 없다. 속독, 정독, 숙독의 선택이 책의 종류와 불가분의 관계에 있기 때문이다. 아무 책이나 정독을 하는 것도 문제이지만, 모든 책을 속독하는 것도 옳지는 못하다. 나는 후자에 가까운 폐단이 있는 것 같다. 이런 버릇의 문제점을 느낀 건 최근의 일이다. 어떤 현상은 그와 비교할 만한 일이 생길 때 더욱더 확연하게 나타나니까. 그전에는 그동안의 독서 방식을 고수했다. 문제점도 절감하지 않았다. 바꿔야 한다고 어렴풋이 알면서도 굳이 바꿀 이유를 찾지 못했을 수도 있겠다.

이런 인식에 결정적 변화를 준 책은 아리스토텔레스의 『니코마코스 윤리학』이다. 고대철학자 아리스토텔레스는 학문을 이론, 실천, 제작으로 나눈다. '안다, 행한다, 만든다'라는 분류이다. 『니코마코스 윤리학』은 이 가운데 실천적 윤리를 다룬 책이라고 할 수 있다. 이런저런 이유로 이 책을 다섯 번 읽었다. 반복 독서는 앞뒤 내용의 연결에 이어 완전히 성질이 다른 화학적 작용을 일으켰다. "전체가 부분의 합보다 크다'라는 말을 절감했다. 여기에서 더 나아가 인류 지성사를 혁명적으로 도약시킨 한 문장을 발견했다는 희열을 맛보았다. 물론 나만의 생각일 수도 있겠지만 "여기서 이데아를 중시하고, 인간 차원의 시선을 경시했던 플라톤주의를 극복하는 전환이 있었구나"라는 각성의 일섬이 머릿속을 스쳐 갔던 것이다. 신성모독이라는 비난도 무릅쓴 용기였다.

그 대목은 이러하다. '진리에 도달할 방법은 기술, 학문적인 인식, 실천적 지혜, 철학적 지혜, 직관 이렇게 다섯 가지가 있다.' 여기서 확 눈에 들어오는 부분이 '기술'과 '실천적 지혜'이다. '기술'을 진리에 도달할 방법으로 본 것은 바로 예술의 인정으로 통한다. 모방(미메시스)을 질 낮은 것으로 보았던 기존의 인식을 뒤집은 주장이다. '실천적 지혜'는 가변적이고, 개별적인 사고이며 행위이다. 보편적이고 불변적인 것만을 진리라고 여기는 사유에 대한 전복이 아닐 수 없다. 여기에 아리스토텔레스는 미덕을 전제로 깔면서 소피스트적 절대적 상대주의의 폐해를 막는 것도 잊지 않았다.

『니코마코스 윤리학』을 다섯 번째 읽었을 때 이 대목을 나와 함께 읽은 사람들의 체취도 느낄 수 있었다. 아베로에스, 토마스 아퀴나스는 물론이고 여러 시인, 화가, 문학가, 과학자들이 함께하는 듯했다. 라파엘로가 그린 '아테네학당'에서 아리스토텔레스가 『니코마코스 윤리학』을 들고 땅을 향해 손바닥을 펼치는 동작을 한 이유에 대해 서로 얘기도 나눴다. '통념(엔독사: endoxa)의 현인'이라는 아리스토텔레스의 참모습은 이렇게 다섯 번의 만남 후에야 겨우 나에게 어렴풋하게나마 다가왔다.

앞으로 얼마나 더 알현해야 제 모습을 더 또렷이 볼 수 있을까. 이런 각성은 이전의 '일별의 독서'를 다시금 생각하게 했다. 이제 '한 문장 속의 인류 지성'을 맞이하고픈 마음이 절실하다. 무위당 장일순의 '나락 한 알 속의 우주'처럼.

헌책방 지기의
책 읽는 습관

김종훈

나의 어린 시절에는 요즘 같은 책 천지의 세상을 상상할 수 없었다. 책에 관한 안내라든가 지도해 주는 선생님이 거의 없던 시절, 그냥 헌책방을 드나들며 눈에 띄는 대로 독서 주간지, 문학 월간지를 필두로 소설, 수필 등을 닥치는 대로 읽을 수밖에 없었다. 학교 도서관 장서는 그냥 장서용이었고 서고를 개방하거나 열람실로 대여하는 일은 없었던 걸로 기억한다. 그렇게 헌책방을 드나들며 학창 시절에 읽었던 현대문학, 자유문학 등의 잡지에서 50~60년대 우리 문학 작품을 읽었고, 세로쓰기 2단인 세계 문학과 수필 등을 읽었다. 그리고 그 무렵 창간된 독서 신문 등을 처음부터 끝까지 읽었는데 이런 경험이 나중에 서점을 할 때 많은 도움이 되었다.

학교를 졸업하고 군대에 갔는데 마침 운 좋게 특수병과를 받아 시간적 여유가 있어 부대 안의 책들을 골방으로 가져가 읽을 수 있었다. 생각해 보면 그 보직으로 책을 많이 읽을 수 있었던 덕분에 문장력과 어휘력이 다른 병사들보다 좀 나았던 것 같다. 제대하고 부산으로 갔다가 우연히 보수동 책방골목을 알게 되었고 주거도 가까운 곳에서 하게 되어 자연스럽게 헌책방을 드나들게 되었다. 그러면서 서점 주인들과 알고 사귀게 된 인연으로 서점 하나를 인수하여 지금까지 45년간 책과의 사귐을 이어 가고 있다.

헌책방은 새 책을 파는 서점과 달리 주인이 책을 잘 파악하고 있어야 한다. 특히 인문 사회과학 분야는 더욱 그렇다. 그래서 새로 들어온 책들 중 잘 모르거나 처음 보는 건 앞, 뒤 책에 대한 개략적인 글과 서문, 머리말 등을 읽어 내용을 파악해 둔다. 다른 기능 서적들 즉 대학 교재, 원서, 자격증, 수험서 등은 제목, 출판사 저자 개정판 등을 암기해야만 고수 소리를 듣는다. 서점 손님들 중에는 자기 전공이나 인상 깊게 읽었던 것 등을 얘기해 주는 분들이 많아 귀동냥을 많이 한다. 이처럼 고객과 주인 사이의 대화가 자연스럽게 이뤄지기 때문에 고객과 친밀해질 수밖에 없고, 그 과정에서 많은 공부를 할 수 있었다.

특히나 전문 서적을 주로 취급했으니 각 분야의 지식을 접할 수 있는 복도 누리게 되었다. 모르는 것은 사전을 찾아 확인하고 특히 영어 한자 등은 꼭 확인하려고 노력한 결과 지금 원서 등 모든 전문 서적을 취급하는 큰 서점을 경영하고 유지할 수 있는 식견과 지식을 쌓을 수 있었다.

헌책방 지기는 책 읽기가 습관이나 다름없다. 한 권을 다 읽지 못하더라도 관심 가는 대로, 눈 가는 대로 자유롭게 활자와 친하게 지내는 편이다. 아무래도 읽어야 고객과 대화할 수 있고 또 손님의 말을 알아들어야 나도 편하고 손님도 편해 다음에 또 방문하게 되는 법이니까. 그러다 뜻이 맞는 고객들을 모아 독서회를 만들어 본격적으로 책 읽기를 하니 정독을 해야 하고 읽다가 그만둘 수가 없으니 정신 바짝 차리고 완독할 수밖에 없다. 책은 주로 오전 중에 읽는다. 오후엔 책 정리 등 여타 다른 업무를 해야 하므로. 어떨 땐 컨디션이 좋아 새벽 한 두 시에 깨면 머리가 굉장히 맑고 상쾌하다. 이때 책을 들면 2~3시간 집중할 수 있다. 그리고 주로 한문 경전류의 내용이 무거운 책을 위주로 읽는다.

　소설이나 가벼운 책들은 서점에서 짬짬이 읽는다. 10~20분 서너 장에서 십여 장 읽고, 그러다 집중하면 계속 읽는다. 자유롭게. 항상 연필을 준비해서 줄도 긋고 메모도 하고 내 생각을 많이 적어서 비평한다. 그래서 내가 본 책은 되팔 수가 없다. 한 곳에 쌓아두고 있다. 책을 구해 오거나 가져오면 죽 훑어보면서 못 보던 경전류나 명상에 관한 책, 또는 좀 색다른 책 희귀본 가운데 내가 소장하지 않은 건 일단 챙겨둔다. 언젠가 읽을 기회가 오겠지 하고. 같은 책이 2권이 되면 판매하는데 이렇게 모아 둔 게 한 1,500여 권 내 방의 벽들을 채우고 있다.

　주로 불교 관련 책이 대부분이고 마음, 나 등 명상에 관한 것이다.

우리 고전도 귀한 건 챙겨 둔다. 한시집도 좀 된다. 그러다 가끔, 진짜 꼭 필요한 분이 찾으면 꺼내 주기도 한다. 거의 절판된 책들이라 굉장히 고마워들 하신다. 책장을 보면 흐뭇하기도 하지만 이제 나이 때문에 조급함이 앞선다. 저 책들을 다 읽어 주어야 미안하지 않을 텐데, 책들에게….

집 근처에 부산중앙도서관이 있는 것도 행운이다. 주말이면 꼭 들러 신문에 난 신간 서적을 찾아보고 그것을 대출했다. 그리고 신간 서평을 메모지에 적어 와 명문장들을 틈틈이 읽어 보는 것을 퇴직 이후까지 지속했다. 요즘에는 책 구입을 하기 전에 우선 도서관에서 검색해 찾아보고 꼭 장서로 보관하고 싶은 것만 새 책으로 구입한다. 책이 많아지면 고민이 는다. 다 이쁜 자식 같아서 버리기 어렵다.

신상균 '얕고 폭넓은 독서의 묘미' 중에서

읽는 사람

황선화

책덕후를 꿈꾸는 나! 우선 여러 개의 책 모임에 참여한다. 쓰기만이 아니라 읽기에서도 효력이 있는 마감의 힘을 빌리고자 함인데, 시간에 쫓겨 다 읽지 못하고 가더라도 그만큼이라도 읽게 되는 이점(利點)을 노린 방책이다. 경전 읽기 모임에 참여하고, 고전 문학 읽기를 한다. 예전 직장 동료들과 토요일 저녁이면 만나는 책 모임도 3년을 넘겼다. 프루스트를 읽기로 한 모임은 잠정 중단되었지만, 아마도 각자의 책을 한 권씩 품에 안고 나타나지 않을까 기대하고 있다. 혼자라면 언감생심, '언젠가'라는 부사 뒤로 미뤄두었을 테지만, 안목 높은 리더의 추천으로 선별한 번역본에 슬금슬금 재미가 붙여가던 차였다. 마음은 혼자서라도 읽으리라 했지만, 몇 달이 지나도록 펼쳐 보지 못하고 있으니 다시 모임을 꾸려야 할지도 모르겠다.

그 외에도 몇 개의 수업에 손을 들고, 몇 개의 책 모임에 발을 들인 시간표는 꽤 빡빡해서 매일 숙제를 안고 있다. 책상 앞에서 해찰 부리기 일쑤지만 산만한 중에도 읽게 하는 힘이 있는 건 분명하다. 복잡한 심경 중에도 플라톤의 『국가』를 며칠에 걸쳐 읽을 수 있었던 건, 순전히 모임의 힘이다. 온전한 독서였느냐는 평가 대신 마지막 페이지를 덮는 즐거움이 있었다. 등 떠밀려 하는 것도 아니면서 비자발적인 독서를 왜 하느냐 묻는다면, 그럼에도 불구하고 책을 읽으며 늙어가고 싶기 때문이다. 왜 그리 용을 쓰느냐는 말을 듣기도 하는데, 나는 왜 책 읽는 사람이 되고 싶은가. 『나는 이런 책을 읽어 왔다』의 저자이자 책을 위한 건물 고양이 빌딩의 주인 다치바나 다카시를 선망하는 건 '그냥'이라고밖에 할 수 없다. 그저 선망한다. 아니다. 사실 어떤 바람이자 회한이다. 내 안에 갇힌 사고가 유연해질 것을 믿는 마음이며 실제적 삶의 서사에 대한 아쉬움 때문이다. 다른 한편 두 분의 어머니를 보면서 가졌던 마음이기도 하다.

농사일을 오래 한 엄마는 꾹꾹 눌러 숫자를 쓰고 또박또박 일상의 글자를 쓴다. 출근 시간을 놓치지 않기 위해 머리맡에 메모지를 두고 주무시곤 했다. 취미라거나 취향은 다른 세계의 일이었다. 삶의 단락이 바뀌는 20여 년 전, 손잡고 간 복지관은 엄마를 감응시키지 못했다. 동년배의 어르신들과 어울리며 이런저런 재미를 발견하면 좋겠다는 의도였지만, 노인들의 세계가 따로 있다는 것에 대한 거부감이 있었던 것 같다. 경계 밖이거나 경계 안이거나 분류하고 구분 짓는 것에 대한 거북함, 아마도 또 다른 소외감이 아니었을까 짐작해 본다. 그리고 더는 노동이 아닌 시간을 살아야 할 때가 왔고, 오직 일만 하고 살아온 당신은 무척 난감해 보인다. 약해진 체력만큼이나 약해진 정서로 살아가는 시간, 기다림에 부응하기엔 부족한 우리들의 시간. 엄마를 보며 혼자 놀이가 필수라는 걸 다시금 느낀다.

반면 교회 권사였던 시어머니는 늘 성경책을 끼고 사셨다. 읽고 또 읽으며 삶의 파편을 헤쳐 나오신 듯하다. 단편적 시선이지만 읽기의 힘이라고 느꼈다. 언젠가부터 두 분을 보며 생각했다. 좋고 나쁨의 판단이 아닌 시간의 색깔 말이다. 혼자의 시간을 보낼 힘이 있어야 해, 그건 책이었으면 해. 물론 노년의 삶을 풍요롭게 하는 것들은 아주 다양하다. 그림을 그리고, 피아노를 배우는 80세, 90세의 시간은 경이롭기만 해서 숙연해진다. 다만 나는 책덕후의 길을 우선순위에 두고 싶다. 읽기의 방식도 여러 가지다. 호기심 많은 나는 이런저런 시도를 따라 해 보곤 하는데, 그중 윤독으로 그리스 고전을 함께 읽었다. 발췌한 부분 위주로 나누는 모임과 달리 윤독은 미리 준비해야 하는 부담이 없다. 시간에 맞춰 자리에 앉기만 하면 되니, 숙제를 싫어하는 내겐 아주 매력적인 지점이다. 코로나로 대면 모임이 어려웠던 3년 전에는 『코스모스』를 함께 읽었다. 문학적 텍스트로 명성이 높지만 만만치 않은 과학 서적, 게다가 벽돌책을 독파한 뿌듯함을 나누었다. 역시 함께라서 가능했다며 입을 모았다.

혼자의 시간엔 동네를 순례한다. 변덕스러운 성향인지 오늘은 이곳이, 내일은 저곳이 더 나아 보이는데, 멋진 전경을 가진 몇 개의 동네 도서관에서 가까운 대학 도서관까지 선택의 즐거움이 있다. 동네 도서관은 늘 쾌적하고, 24시간 개방하는 대학 도서관은 각별하다. 간혹 학생들 사이에서 밤을 지새울 때면 어쩐지 젊은이가 된 듯 즐거운 착각에 젖기도 한다. 카페도 즐겨 가는데, 음악이나 주변의 대화가 소음일 때도 있지만 나름의 재미가 있다. 기분 따라 일정 따라 선정하는 장소가 늘 효과적이진 않지만 제각각 묘미가 있다. 도서관에 가면 다른 책을 꺼내 읽고 싶어지는 것도 또 하나의 즐거움이다. 그렇게 읽는 책은 순전히 재미로 읽게 되는.

자고로 공부는 혼자 하는 것이지만 엄마가 옆에서 지켜볼 때 공부가 잘된다는 아이처럼 함께하는 이들에게서 에너지를 얻는다. 읽기조차도 비자발적인가 뜨끔하지만 덕후의 시간을 위한 여정으로 즐기려 한다. 여러 차례 시도한 작가별 읽기, 한 사람 읽기를 위한 목록을 옆에 둔 계절이 지난다. 다시 목록을 정비하며, 다양한 수단을 동원해서 잘 읽는 사람이 되고자 욕심부리는 길 위에 선다. 함께 읽으며 키우는 독서력으로 혼자의 시간이 풍요로워질 것을 믿는다.

얕고 폭넓은
독서의 묘미

신상균

나는 다양한 분야의 책을 얕고 폭넓게 보는 편이다. 그러나 한 분야에 깊이 빠져들 땐, 참고 문헌을 통해 깊이 읽기에 들어간다. 그리고 해당 분야가 어느 정도 정리될 무렵이면 다른 분야의 책들이 나를 기다리고 있다. 이것이 인생의 즐거움 아니겠는가?

내 전공은 사회과학으로, 법학과 행정학을 전공했다. 두 분야의 학사 졸업을 했고 대학원에서는 교육학을 전공해 교육을 천직으로 여기며, 다양한 분야를 공부할 기회를 가졌다. 중등 일반사회(공통사회) 자격증까지 있어서 정치·경제·사회·문화 분야가 모두 전공인 셈이니 이 얼마나 넓은가? 전공은 일반사회였지만, 내 전공이 아닌 과목을 가르쳐야 할 때 읽기가 도움이 되었다. 유사 과목 수업이 그 당시에는 가능했다. 국민윤리와 도덕, 한국지리, 세계사와 한국사까지 가르치면서 새로운 영역이 확보되어, 이로 인해 더 많은 책을 읽어야 했으니 행운이 아닐 수 없다.

나의 지적 호기심은 남달랐다. 교사의 길도 중요했지만, 변화를 두려워하지 않는 탓에 관리자의 길을 선택했다. 조직 관리를 통한 운영의 성과를 올리는 영역이었다. 그러다 보니 경영학 도서까지 읽게 되었고, 천체 물리학에 끌려서 과학 분야에도 몸을 담았다. 이어서 발견한 분야는 국문학이었다. 고교 근무 때 국어를 전공한 분들과 독서 모임을 하면서 문학 분야에 관심을 갖게 되어서 시와 소설 등을 접했으니, 마지막 분야의 퍼즐이 추가된 셈이다. 이렇게 지적 호기심을 남부럽지 않게 채워 갔다.

관리자의 길을 가면서 직원 회의를 할 때면 꼭 최근 읽은 책의 명문장을 인용하고 마무리 인사를 했을 정도였다. 당시 책은 도서관에서 10권 이상 대출받아서 2주 안에 대충 훑어보고 반납하거나 꼭 읽어야 할 책을 다시 대출했다. 정치·경제 분야의 책들과 청나라 말 이후의 책들. 중국 혁명 당시 책들, 『태백산맥』, 중국 『삼국지』와 삼국지 드라마 99편, 그와 관련된 인물론과 평론 책들, 법정스님 책 등을 읽을 때 그랬다. 집중적으로 본 것들이다. 중등학교 근무할 때 책값만 거의 월 20~40만 원 이상이 들었다. 분야는 가리지 않는 편이다.

집 근처에 부산중앙도서관이 있는 것도 행운이다. 주말이면 꼭 들러 신문에 난 신간 서적을 찾아보고 그것을 대출했다. 그리고 신간 서평을 메모지에 적어 와 명문장들을 틈틈이 읽어 보는 것을 퇴직 이후까지 지속했다. 요즘에는 책 구입을 하기 전에 우선 도서관에서 검색해 찾아보고 꼭 장서로 보관하고 싶은 것만 새 책으로 구입한다. 책이 많아지면 고민이 는다. 다 이쁜 자식 같아서 버리기 어렵다. 하지만 책 정리를 할 때는, 과감히 버려야 한다. 한때 책 정리를 하면서 경영학 서적들과 교육학책들은 과감히 버렸다. 책이 쌓으면 한 권을 찾기가 정말 힘들다. 불필요한 시간 낭비를 줄이기 위해서 책 정리를 분야별로 도서관처럼 해야 한다. 내가 네 벽을 빙 둘러서 도서관 분류처럼 분야별로 책을 정리한 것은 퇴직 후에 겨우 다 해냈다. 그래도 찾으려면 애를 먹는다.

책을 볼 때 대부분은 노트에 정리하면서 본다. 필사까진 아니지만 내용을 정리하고 쓰다 보면 생각할 시간을 더 많이 갖게 되기 때문이다. 전문 서적일수록 이렇게 읽어야 한다. 지금은 한문 문법을 공부하면서 원문과 대조하고 원문 해석이 잘 되었는지 확인한다. 나는 옛날부터 몇 권의 책을 같이 보는 스타일인데 역사 분야의 책들은 꼭 그래야 한다. 다른 저자의 책과 병행해서 봐야 통찰력이 생긴다는 것을 터득했기에 하는 말이다. 이게 나의 독서법이라고 할 수 있고 이것은 전문 서적의 경우에 한한 이야기이다.

문학 서적은 읽고 다양한 사람들의 생각을 들어보는 것이 좋은데 이럴 때 독서회가 큰 도움이 된다. 나의 독서법을 정리해 보니 특별히 자랑할 만한 것은 없으나, 책 읽기와 공부하는 재미에 빠져 보람찬 노년을 보내고 있다고 자부한다.

노트에 적어가며
읽는 재미

김은숙

처음 독서회에 발을 내디뎠을 때는 발제자가 선정한 책 위주로 책을 구매했다. 헌책 구입을 위해 보수동 책방골목을 몇 번 둘러보다가 내가 원하는 책을 찾기 어려워 모바일로 알라딘 중고서점 매장에서 상태가 괜찮은 책 위주로 샀다. 새 책이 필요한 경우에는 보수동 책방골목에 있는 한마음 책방 사장님께 문자로 책 사진을 보내 주문을 했다. 사장님이 구해 줄 수 없다고 하는 책은 인터넷으로 새 책을 구매했다.

10년쯤 지나고 보니 책장에 쌓여가는 책들을 다시 볼 수 있는 기회가 거의 없는 거 같아 작년부터 동아대도서관에서 대출해서 보고 있다. 도서관에 없는 책과 소장하고픈 책은 모바일로 구입한다. 열정이 넘쳤던 시절에는 모임에서 같이 읽을 책 이외 분야에도 책 욕심을 내었으나 이제는 책장에 꽂을 자리도 부족해져서 마음을 비웠다. 대출해서 읽는 책은 내 책이 아니다 보니 줄을 쳐가며 볼 수 없고 책의 여백이나 중요한 문장에 내 생각을 적을 수 없으나, 독서 노트에 적어가며 읽고 있다. 이 방법도 나름 좋은 것 같다.

나는 남들은 어떤 직업을 가지고 어떻게 사는지 이 세상에 대한 호기심이 많다. 지구 밖 우주 세계, 과학, 종교, 역사, 물리, 영화, 음악, 미술, 문학, 사람 몸의 원리, 건강, 여행, 세계 경제, 나무, 꽃, 자연, 지구, 기후, 기타 등등 왜 이리 궁금한 게 많은지, 한 분야에 전문적이지 못하고 얕은 지식만 늘여가다가 나이가 들어가니 하나가 들어오면 두 개가 빠져나가는 듯 기억도 가물가물해진다.

2년 전 밥벌이 생활과 학업, 독서회 모임을 2년 반 동안 너무 빠듯하게 하다 보니 몸에 과부하가 걸려 한동안 아팠다. 병행하며 공부할 때는 즐거웠고 성취감도 느꼈지만 오십 이후의 건강 질량은 그 이전과는 달랐다. 배움을 좋아하는 나지만 모든 욕심을 내려놓고 무리하지 않는 삶을 선택하기로 했다. 그래도 가끔 악기를 배우고 싶은 욕망은 꿈틀거린다. 어느 날 독서를 줄이고 드럼이나 춤을 배우고 있을지도 모르겠다. 결혼하고 육아와 살림, 생업에 매달리는 동안, 정신적인 위축을 많이 느꼈는데 독서 모임이 그런 부분들을 많이 채워 주었다. 경험상 여성들은 특히 육아와 직업을 병행하는 동안 책을 가까이하기가 정말 힘들다. 육아에서 어느 정도 해방되어야 독서가 가능하다.

나는 대부분 저녁 설거지가 끝나고 일과가 마무리된 후 잠들기 전에 짬짬이 시간을 내어 책을 본다. 소설책은 다음 장면 전개가 궁금해서 웬만하면 2~3일 안에 다 읽는다. 수필이나 시는 전체를 읽은 다음 다시 한번 마음 가는 부분을 읽고 생각을 정리해서 노트에 적어본다. 읽다 보면 가끔 오타 찾는 재미도 쏠쏠하다. 모르는 단어는 찾아서 노트에 적고 철학적 명제나, 새롭고 신선한 글귀도 적어 본다. 모임 후 발제한 분의 프린트물과 다른 사람 의견이나 논지를 간단히 적은 노트를 살펴보면 읽기 전후 과정이 연속적으로 이어져 의미 있는 독서 활동이 된다. 분석적이지 못하고 핵심 파악이나 요점 정리도 잘 못 하는 편이라 다 읽은 후 중요 사항을 노트에 적는 편이다. 적어 놓지 않으면 전체적인 느낌만 남을 뿐, 내용도 기억이 희미해진다.

특별히 좋아하는 분야는 없고 접해 보지 못했던 새로운 분야를 선호하는 편이다. 두 군데 독서 모임에 적을 두고 있어, 한 달에 세 권은 의무적으로 읽게 된다. 회원이 선정한 도서가 다양하다 보니 정해준 대로 읽다 보면 나 자신의 관심도와 상관없이 책 읽기가 다양해지고 생각도 자유롭고 유연해진다. 무엇보다 독서 모임을 통해 얻은 행복은 좋은 사람들과의 상호 작용이 좋은 기운으로 작용한다는 점이다. 누구에게나 독서 모임을 꼭 해 보라고 권유하고 싶다. 서로에게 영향을 받아 삶이 확장되는 경험을 하게 될 테니까.

책은
더러워야 한다

정기남

어느 순간 돌아보니 내가 읽었던 책들은 모두 누더기가 되어 있었다. 여러 번 봐서 그렇게 된 것이 아니라, 곳곳에 밑줄 치고 삼색 형광펜으로 덧칠하고 여백에 메모하고 귀퉁이를 접고 하다 보니 생긴 일이었다. 책도 두꺼워졌다. 그러다 보니, 남에게 빌려주거나 헌책방에 내놓을 수 없게 되어버렸다. 남들 눈에는 책을 학대하는 것으로 보였을 것이다. 사정을 아는 사람들은 내게 책을 빌려달라는 말을 하지 않게 되었다. 내가 읽은 책들은 순전히 나의 책이 된 것이다.

처음부터 그랬던 것은 아니다. 도서관에서 빌려 읽어야 했던 시절에는 생각할 수도 없는 일이었다. 책은 소중한 것이라서 신주(神主)처럼 모셔야 한다고 배운 기억이 강하게 남았을 때는 감히 그렇게 하지 못했다. 내 돈 내고 책을 사들이고부터는 내가 책의 주인이라는 생각을 하기 시작했다. 경전에 대한 두려움이 사라지기 시작했다. 책은 내가 마음 가는 대로 부리는 나의 머슴이 되어야 했다. 처음에는 책의 뒤쪽이나 속표지에 메모하듯이 기억해야 할 내용을 옮겨 적어 놓았다. 책의 본문을 여러 번 왔다 갔다 해야 해서 번거로웠다. 그래서 본문에 밑줄을 긋기 시작했다. 처음에는 붉은 볼펜을 사용했지만, 나중에 파란색 수성펜으로 바꾸었다. 안정감을 찾으려는 심리적인 이유에서였다. 독서의 효율을 높이기 위해서 드로잉 펜을 사용하는 호사를 누리기로 했다. 본문이 바로 옆에 있으니, 옮겨 적을 필요가 없게 되자 여백에는 글을 읽고서 촉발된 내 생각을 적어 넣었다. 그러다가 책을 좀 더 입체적으로 읽어야겠다는 생각이 들었고, 삼색 형광펜을 사용했다. 저자나 책 제목 등의 고유명사는 파란색을, 내 것으로 삼아야 하는 주요한 내용은 주황색을, 그리고 다시 한번 더 보아야 할 부분은 노란색 형광펜을 사용했다. 처음에는 독서의 속도가 느려지는 것처럼 느껴졌지만, 결과적으로 훨씬 효율적인 방법이었다. 통독을 빠르게 하고 난 뒤에 다시 읽어야 할 때는 하이라이트된 곳만 일별하면 되었기 때문이다.

책을 읽을 때는 속독을 해야 한다. 속독법을 말하는 게 아니다. 많이 읽어서 저절로 습득하게 되는 빠르게 읽는 방법을 말한다. 우리의 뇌는 우리가 통상적으로 말하거나 읽는 것보다 5배 이상의 속도로 정보를 처리한다고 한다. 느리게 읽으면 뇌는 게으름을 피우게 마련이다. 연속적으로 읽어 들인 생각거리들은 빠르게 접속시켜 주어야 불꽃이 일어난다. 뇌는 시뮬레이션 기계이다. 독서는 우리의 뇌가 멍 때리기를 제대로 수행하도록 해주는 불쏘시개이다. 생각의 창발은 이렇게 무의식 상태에서 이루어지는 것이 진짜다. 불꽃의 난장을 벌여야 한다. 처음에는 군불을 지피면서 횡설수설하게 내버려 두어야 한다. 그러다가 결정적인 순간에 도달하면 화력을 돋우어야 도자기가 제대로 구워진다.

마구잡이의 다독과 난독은 경계해야 한다. 관련 있는 것들을 잇대어 읽어 주어야 한다. 뉴런들의 활발한 가지 뻗기와 세심한 가지치기를 도와주어야 한다. 그러자면 올바른 책을 제때에 맞추어 선별하는 것이 관건이다. 나에게 맞는 책은 운명처럼 오는 것 같다. 한때는 서평을 참고하기도 했지만, 지금은 책의 목차와 각주를 시간 내어 각별하게 살핀다. 각주가 충실한 책을 고르면 실패하지 않았다. 새끼를 꼬아주어야 책은 새끼를 친다. 짬짜면은 안 된다. 같은 주제로 쓰인 책을 3권 이상은 엮어 주는 방법이 있다.

예를 들자면, 처음 다니엘 디포의 『로빈스 크루소』를 읽고 나서, 미셸 투르니에의 『방드르디』를 읽었고, 그리고 존 쿳시의 『포』를 읽었다. 책을 읽는 행위는 어쩌면 고쳐쓰기다. 호머의 『오뒷세이아』를 늦은 나이에 읽고 나서, 바로 이어서 니코스 카잔차키스의 『오디세이아』를 읽었고, 그리고는 데릭 월콧의 『오메로스』와 제임스 조이스의 『율리시즈』를 읽었다. 어쩌면 진심의 책 읽기는 텍스트를 다시 쓰기다. 거슬러 읽고 반역할 수도 있어야 한다. 처음 올더스 헉슬리의 『멋진 신세계』를 읽고 나서, 셰익스피어의 『템페스트』를 다시 읽었고, 에메 세자르의 『어떤 태풍』을 새로 읽었다. 페르난데스 레테마르의 『칼리반』은 겹쳐서 읽었다. 어쩌면 제대로 책 읽기는 끊임없이 해체하면서 새로 쓰기다.

함부로 책을 읽다가는 소화불량에 걸리기 쉽다. 그렇다고 말랑말랑한 책만 읽을 수는 없는 노릇이다. 난해한 책들은 난해한 대로 읽어주면 된다. 다만, 자신의 독서 수준에 맞추어, 나에게 소용에 닿는 대로 읽으면 된다. 그렇게 나름대로 읽어 낸 책에서 촉발된 것이 있으면 된다. 전공으로 밥 먹고 살려고 그 책을 읽는 것이 아니라면 말이다. 그리스 로마 신화와 셰익스피어를 읽고 나자, 제임스 조이스의 『율리시즈』를 읽을 수 있게 되었다. 들뢰즈와 가타리의 『천 개의 고원』을 시를 읊듯이 읽었고, 그러자 어려웠던 시들이 내게 다가오기 시작했다. 소화를 잘 시키려면, 배설을 잘해야 한다. 체하지 않아야 한다.

책을 좋아하는 사람들은 처음부터 자신에게서 꺼내 놓아야 할 것이 있었던 사람들이었을 거다. 읽으니까 꺼낼 것이 생기는 것이 아니라, 뭔가를 꺼내기 위해서 읽는 것이다. 글을 쓰면서 읽으면 머리가 재구성된다. 비워진 만큼 다시 배가 고파진다. 그래서 우리는 끊임없이 읽는 것이다. 책은 더러워져야 한다. 우리의 뇌가 깨끗하면 제 기능을 하지 못한다. 책은 들끓는 바다가 되어야 한다. 치열해야 한다. 그렇게 책은 수중 폭발을 일으켜야 한다.

4장

애정하는

작가들

가끔 '아, 이 작가가 아니었다면 우리는 이런 얘기를 어디서 듣고 어떻게 알지?' 하는 생각이 드는 작가들이 있다. 역사가 알려주지 않고 신문이 왜곡하는 진실들… 아주 오래전 민초들의 맺힌 이야기들….

내가 유독 좋아하는 소설가들을 떠올려 보면 문학적으로 범접하기 어려울 만큼 독보적인 소설 세계가 있고, 마르지 않는 샘물처럼 평생 쉼 없이 써 온 작가들이라는 공통점이 있다. 작가 자신만의 스타일이 뚜렷한 언어로 실감 나게 빚어낸 인간사에 빠져든다. 그리고 그 안에서 작가의 인생관이 녹아 있는, 보석 같은 진실을 발견하는 기쁨을 무엇에 비유할 수 있을까?

박정은 '드높은 차원의 감명' 중에서

최애의 작가,
남극례

이준영

"옛날 옛날 어느 마을에 솜사탕을 만들어 파는 아주매가 있었는 기라. 그 아낙은 솜사탕을 팔라꼬 맨날 시벽부터 일나가 바쁘게 준비를 하곤 했거든. 어느 날, 아주매는 솜사탕에 특별한 비법을 넣기로 맴을 먹었더란다. 그건 '사람들에게 행복한 기억을 선물하는 솜사탕'을 만드는 거였지. 사람들이 어릴 적 좋아했던 추억을 솜사탕 안에 넣어 맹글기로 했던 기라. 동네 사람들에게 추억을 물어보고, 각자의 이바구를 들으며 솜사탕을 맹글었다 안 카나. 얼라 때 장난감으로 놀았던 이야기, 식구들캉 함께 먹었던 맛있는 음식 얘기, 그리고 가장 좋아했던 순간들을 솜사탕에 담았던 거지. 그 솜사탕을 받은 사람들 입은 벙긋벙긋했다 안 카나. 입안에 들어가는 솜사탕에서 어린 시절 추억들이 새록새록 떠올랐던 거지. 아주매 솜사탕이 행복한 기억을 불러일으키면서 사람들의 마음을 따뜻하게 맹글었겠지, 안

글나? 그걸로 끝난 게 아닌 기라. 솜사탕 집 아주매는 자기 이야기도 그 솜사탕에 담았다는구나. 자기만이 알고 있는 얘기를 손님들에게 해준 거지. 그 아낙의 가게는 금방 마을에서 가장 인기 있는 장소가 되었단다."

어릴 적 잠들기 전 할머니가 들려주던 옛날얘기의 한 토막이다. 시장에서 좌판 장사를 했던 그녀는, 손주들의 성화에 졸린 눈을 비벼 가며 많은 이야기를 해주었다. 우리는 할머니의 목소리를 들으면 상상의 나래를 펼치곤 했다. 매일 다른 세계로 빠져들어 가서는 신기한 세상을 만나는 경험을 했다. 또 나쁜 사람이나 괴이한 괴물에 쫓기기도 했다. 그런 상상은 잠이 든 후 꿈에서까지 이어지기까지 했으니.

어떻게 할머니는 그렇게 많은 이야기를 알고 있었을까. 참으로 신기하기만 할 뿐이다. 지금이라면 유명한 동화 작가가 되지 않았을까. 곰곰이 그때의 내용들을 떠올려 본다. 하지만 아무리 기억을 떠올려 봐도 「솜사탕 아주머니」밖에 떠오르지 않으니 귀신이 곡할 노릇일 수밖에. 이 무슨 조화인지 어리둥절하기조차 하다. 그 수수께끼가 최근에야 풀렸다. 뚜렷한 무슨 계기가 있었던 건 아니고, 나 스스로 그런 각성에 도달한 것이다. 궁금증을 오래 붙들고 있으면, 나도 모르게 해답이 찾아오는 그런 경우라고 할 수 있겠다.

결론은 이랬다. 할머니는 단 하나의 얘기만 매일 밤 우리에게 했다는 것이다. 옛날이야기를 해 달라고 조르면 「솜사탕 아주머니」가 할머니 입에서 절로 흘러나왔다. 그런데도 매일 다른 내용으로 인식한 건 바로 내가 매번 다르게 듣기 때문이었다. 이날은 할아버지, 저날은 아저씨, 어제는 동네 총각, 오늘은 동네 처녀의 사연을 솜사탕에 넣는 것과 같은 이치이다. 작가가 독자를 잘 만나는 것도 복이라고 했다. 할머니가 지은 이야기를 참으로 다양하게 해석한 손자들이 바로 그 훌륭한 청자들이라고 할 수 있다. 아마 할머니는 같은 이야기를 하면서도 음성이나 표정을 달리해 우리를 어제와 다른 세계로 인도했는지도 모를 일이다.

　바로 그 작가가 바로 우리 할머니 남극례 씨이다. 지금도 날이 어둑어둑해질 즈음이면 가끔 할머니의 함지가 둔덕 위로 서서히 드러나는 환각에 빠지곤 한다. 시장 좌판에서 해산물을 팔고 저녁 늦게 집으로 돌아오는 할머니의 머리에 얹혀 있는 함지였다. 그 무거운 그릇은 무명 수건으로 머리를 덮고 그 위에다 동그마니 올려놓은 똬리 위에서 춤을 추었다. 나는 불이 나게 달려가서 빈 함지 속에 과자가 있는지 먼저 확인했다. 할머니가 그런 나를 실망하게 하는 날은 없었다.

　할머니의 옛날얘기도 마찬가지였다. 한 번도 지루한 적이 없었다. 나의 마음과 몸도 그 시간, 그 장소를 떠나 시공을 넘나들었다. 그랬으니 나는 이미 재미있을 만반의 준비를 하고 첫 페이지는 넘기는 독자와 같았다. 할머니가 딴 세상에 가신 후 나에게 그렇게 다가오는 작가를 아직도 만나지 못했다.

사마천(司馬遷)과의 동행

최선길

특정 작가의 특정 저서를 10여 년 읽는 것은 흔한 일이 아니다. 책 욕심만 가득하여 시내 서점에서 신간 도서를 보면서 가장 관심이 가는 책을 뽑아 든다. 먼저 손으로 책 표면을 '스~윽' 스쳐본다. 그리고 내 볼에다가 책 표면을 대면 그 느낌이 참으로 좋다. 사람들은 이 말을 들으면 오해나 하지 않을는지 모르겠지만, 난 이렇게 새로운 책을 살 때마다 볼로 책을 스치는 것이 습관이 되었다. 이유는 없다. 그냥 그 느낌이 좋을 뿐이다. 앞에서도 언급하였듯이 10여 년 전에 우연히 손에 든 중국의 젊은 작가 차오성의 『이사, 천하의 경영자』 상, 하권을 몇 번 탐독한 뒤 사마천의 『사기열전』에 빠졌다. 그때부터 국내 번역본을 10여 종류나 구입하여 읽고 또 읽으면서 사마천의 『사기열전』에 심취하게 되었다.

사마천의 자는 자장(子長)이며, 아버지인 사마담의 관직이었던 태사령(太史令) 벼슬을 물려받아 출사하였다. 태사공(太史公)이라고 불리기도 했다. B.C. 99년 이릉 사건에 연루되었다. 이릉 장군이 5천 군사를 이끌고 흉노를 정벌하며 연전연승하다 수만의 흉노군에 중과부적으로 패하고 항복해 버렸다. 이에 사마천이 "이릉이 항복한 것은 살아남아 황제의 은혜에 보답하려 한 것"이라고 옹호하다가 한 무제의 격노를 사서 궁형(宮刑)을 받게 된 것이었다. 그것도 『사기(史記)』 저술을 위해 살아남고자 구차하게 궁형을 자청했다. 사마천은 『사기』의 저자로서 동양 최고의 역사가 중 한 명으로 꼽히어 중국 '역사의 아버지'라고 일컬어진다. 실제 사마천의 『사기』는 역사를 사가(史家)가 해석한 글로 존중받는다.

한 무제가 태산에 가서 자신의 역사적 성취를 하늘에 알리는 봉선(封禪) 의식을 거행했는데, 사마담은 태사령으로 주무관이었지만 다른 일로 참여하지 못했다. 평생 한 번 볼까 말까 한 성스러운 행사를 놓치자 사마담은 끓어오르는 분노를 억제하지 못하고 괴로워하다 죽었다. 이렇게 새 출발의 길이 열리는 즈음에 사마담이 분사(憤死)했던 것이다. 사마담은 죽기 전에 아들에게 자신이 이루지 못했던 꿈을 대신 이루어 주기를 바라는 유언을 남겼다.

余死, 汝必爲太史! 爲太史, 無忘吾所欲論著矣!
내가 죽거든 너는 반드시 태사가 되어 내가 하고자 했던 논저를 잊지 마라.

궁형을 당한 후 우여곡절 끝에 한 무제의 명을 받아 B.C. 95년에 사마천은 황제의 시중을 드는 중서령(中書令)이 되었지만 깊은 고독과 환멸에 빠졌다. 사마천은 감옥에서 죽음을 기다리던 친구 임안(任安)을 떠올린다. 무제가 병에 걸리자 강충(江充)은 려태자(戾太子)가 궁에 인형을 묻어 놓는 흑주술을 했다고 무고했다. 궁지에 몰린 려태자가 군사를 일으켜 자신의 결백을 주장했을 때 임안은 이를 집안 문제로 보아 사태 신압의 책임자임에도 관망하던 태도를 취했다. 사건이 일단락된 뒤에 임안은 눈치를 보며 제 목숨을 아낀 죄로 사형을 받게 되었다.

임안은 황제를 곁에서 모시는 사마천에게 추현진사(推賢進士)의 역할을 요구하면서 자신의 구명을 요청하는 편지를 보냈다. 훌륭한 인재를 추천해 달라는 글을 받았지만, 사마천은 편지를 받고서 쉽사리 답장을 보내지 못했다. 바쁘기도 했고, 환관 주제에 나설 일이 아니라고 보았기 때문이다. 시간을 늦추면 영영 답장을 보낼 수 없다는 생각이 들자 사마천은 임안의 요구대로 나설 수 없는 자신의 처지를 격정적으로 표현하는 '보임안서(報任安書)'라는 불후의 글을 썼다. 임안에게 답장하는 글이란 뜻이다. 참으로 명문장이 가득하다.

이 편지에서 사마천은 죽음의 나락에 떨어졌다가 어떻게 자신을 다시 일으켜 세웠는지를 고해성사하듯이 솔직하게 털어냈다.

"이 때문에 창자가 하루에도 아홉 번이나 뒤틀렸다. 집에 있으면

멍하니 정신이 나간 듯하고 밖에 나가면 어디로 가야 할지 갈피를 잡지 못했다. 치욕을 떠올릴 때마다 땀이 등골에서 나서 옷을 적시기 일쑤였다."

是以腸一日而九回, 居則忽忽若有所亡, 出則不知所如往. 每念斯恥, 汗未嘗不發背霑衣也.
궁형을 겪은 수치심이 너무나 커서 때로는 자살도 생각한다. 그렇지만 자살을 결심하다가 다시 결심한다.

人固有一死. 死有重於泰山, 或輕於鴻毛. 用之所趨異也.
사람은 원래 누구나 한 번 죽기 마련이다. 그 죽음은 태산보다 무겁기도 하고 털보다 가볍기도 하다. 어떻게 쓰느냐에 따라 달라지기 때문이다.

아무런 의미 없이 그냥 죽어가는 것은 도저히 용납될 수 없었다. 그래서 의미 있는 죽음을 생각하면 사마천은 치욕스럽지만 살아야 겠다는 마음을 굳게 먹었다. 고통에서 발분(發憤)하여 『사기』를 완성한다. 궁형이라는 극형을 받고 수치심에 몸을 떨며 써 내려간 역사서이기에 인간관계의 속성, 권력 세계의 비정함 등이 적나라하게 서술되어 있다. 단순히 왕후장상(王侯將相)들의 사회 최고위층 위주의 역사가 아니라 인간 세상 가장 밑바닥에서부터 드러나는 인간성을 여실히 보여주고 있기에 2,500년이라는 시공간의 간격을 초월해 우리에게도 큰 감동을 주고 있는 것이다.

사마천의 『사기』 중 「열전(列傳)」 부분이 특히 우리들에게 많은 감동과 교훈을 주기에 이 텍스트 독서는 여기에 집중하고 있다. 열전에는 온갖 인간 군상이 등장한다. 사마천은 이들 등장인물을 통해 자신의 가치관을 여실히 드러내고 있다. 어쩌면 지난 10여 년보다 훨씬 긴 세월을 사마천과 동행할 듯하다. 자신은 육체적·정신적으로 엄청난 수난을 겪었지만, 공전절후의 역사서를 남긴 사마천과 앞으로도 끊임없는 대화를 할 것 같다. 언젠가 늘 꿈꾸는 '시골 낙향과 은거'를 통해 사마천의 저서를 온몸으로 끌어안고 살아가련다.

드높은 차원의
감명

박정은

가끔 '아, 이 작가가 아니었다면 우리는 이런 얘기를 어디서 듣고 어떻게 알지?' 하는 생각이 드는 작가들이 있다. 역사가 알려주지 않고 신문이 왜곡하는 진실들… 아주 오래전 민초들의 맺힌 이야기들….

내가 유독 좋아하는 소설가들을 떠올려 보면 문학적으로 범접하기 어려울 만큼 독보적인 소설 세계가 있고, 마르지 않는 샘물처럼 평생 쉼 없이 써 온 작가들이라는 공통점이 있다. 작가 자신만의 스타일이 뚜렷한 언어로 실감 나게 빚어낸 인간사에 빠져든다. 그리고 그 안에서 작가의 인생관이 녹아 있는, 보석 같은 진실을 발견하는 기쁨을 무엇에 비유할 수 있을까?

애정하는 국내외 수많은 작가 가운데 내게 오래도록 차원이 다른 감명을 선사해 준 작가는 한승원이다. 전라남도 장흥 출생의 작가가 찐하게 그려내는 남도 바닷가 사람들 이야기에 왜 그리도 빠져

들었는지, 그 이야기를 해 보고 싶다. 비슷한 느낌의 다른 작가를 떠올릴 수가 없었기에, 그의 소설을 탐구 대상으로도 가져와 읽고 또 읽으며 연구한 끝에, 대학원 석사 논문으로 완성하기도 했다.

한승원의 소설이 대중들에게 크게 알려졌던 건, 임권택 감독이 연출한 영화 〈아제 아제 바라아제〉(1989)의 원작자로 회자될 때였다. 하지만 개인적으로 그의 소설을 탐독한 것은 1999년 문이당에서 한승원 중단편 전집으로 엮은 작품들을 우연히 접하면서부터다. 중단편전집은 『목선』, 『아리랑 별곡』, 『누이와 늑대』, 『해변의 길손』, 『내 고향 남쪽 바다』, 『검은댕기 두루미』 등 6권인데, 그의 신춘문예 당선작 「목선」(1968)부터 총 70여 편의 작품이 실려 있다. 이후에도 그의 작품이라면 장편소설, 에세이, 시집 가리지 않고 꾸준히 읽어 오다 보니 소장하고 있는 책이 많기도 하고, 가장 최근에는 자서전 『산돌 키우기』(2021)를 사람 책 읽는 느낌으로 완독했다. "살아 있는 한 소설을 쓸 것이고 소설을 쓰는 한 살아 있을 것"이라는 작가의 말처럼 평생토록 경이로울 정도로 소설을 써 온 그답게, 온라인 서점에 그의 작품 목록이 여전히 풍성하니 얼마나 반가운지 모르겠다.

한승원 작가의 소설을 펼쳐 들면 우선, 이야기에 빠져든다. 재미난 이야기를 싫어하는 사람이 어디 있을까? 천생 이야기꾼인 그가 무한정 길어내는 서사는 시공간을 넘어 강력한 흡인력으로 독자를 사로잡는다. 나 역시 그 시대를 살지도 않았고, 소설의 대체적인 배경인 바닷가 살이를 하지도 않았지만, 그의 책을 잡으면 시간 가는 줄 모르곤 한다. 대다수의 작품에 전라도 사투리가 넘쳐나는 그의 소설은 소중한 우리 언어의 보고다. 당황스러운 건, 읽다 보면 사전 검색에도 나오지 않는 토속어도 종종 있어서 문맥으로 짐작해야 할 정도라는 것이다. 마치 판소리처럼 흥청한 사투리의 향연, 유서 깊다 못해 인생 철학이 응축된 속담들, 세상 어디에도 없을 것 같은 표현엔 밑줄에 밑줄, 포스트잇, 접기가 다 동원된다.

등장인물들 이야기도 하지 않을 수 없다. 등단작 「목선」부터 그가 일생 써 온 많은 작품의 주인공들이 남도 해변 갯가의 평범한 사람들이다. 역사와 생존이 어우러진 공간에서 하루하루 목숨을 이어가는 그들의 이야기에는 질긴 생명력, 부당함에 저항하는 민초들의 강렬한 힘이 느껴진다. 반면『흑산도 하늘 길』,『원효』등 실존 인물들을 주인공으로 한 소설에선 세밀하고 감성적인 묘사로 상상력을 자극한다. 그럼에도 누가 나에게 이 작가를 좋아하는 이유를 단 하나만 제시하라고 하면 '비가시적인 세계에 대한 혜안'이라고 말하고 싶다. 갯투성이들의 삶은 어느새 인간의 아등바등한 생을 넘어선다. 가끔 종교도, 동서양의 철학도 뛰어넘어 어떤 우주적인 원리를 꿰뚫는 듯한 문장이 나오면 정말 '숨멎'하게 되고 일상에 갇혀 사는 편협한 사유는 드높게 확장된다. 작가는 "내가 쓴 모든 단편과 중편과 장편들, 내가 쓴 모든 시편과 산문들은 모래알처럼 알알이 흩어지고, 외로운 섬들처럼 서로 동떨어진 것들이 아니라, 줄거리를 달리한 큰 강물 줄기 또는 하나의 우주 공간 속에 떠도는 별들 같은 연작이다. 감히 우주를 나의 목소리 나의 색깔 나의 냄새로 색칠하고 있다. 내 몸속의 피와 기름이 다 닳을 때까지 색칠을 계속할 것이다."[4] 라 고 말한다.

지금 쓰고 있는 이 책이 출간되면 책과 함께 손 편지에 팬심을 가득 담아 해산토굴[5]에 부칠 생각이다.

그녀들이
내게 주는 감동

김경옥

좋아하는 작가가 누가 있을까? 생각하며 내 방의 서가를 훑어보니 두 권의 책이 눈에 들어온다. 블랑쉬 드 리슈몽의 『방랑자 선언』과 김남희의 『길 위에서 읽는 시』이다. 두 작가의 공통점은 작가들이 여성이라는 것과 두 권의 책이 일상생활을 떠나서 쓴 글이라는 것이다.

또 하나의 중요한 공통점은 그녀들의 글이 내 마음에 잔잔한 감동을 준다는 것이다. 때로 그것은 가슴 먹먹함과 함께 내게 삶의 큰 위안이 되기도 한다. 『방랑자 선언』은 사무실의 신간 도서 더미에서 건졌는데, 표지에는 바람 부는 모래사막을 걷는 한 여자의 뒷모습 사진이 있었다. 흥미로운 제목과 표지 사진, 그다지 두껍지 않은 151쪽의 책 두께에 '삶의 의미를 찾아 떠난 12년간의 사막여행'이라는 부제가 내 눈을 사로잡았다. 아니, 무엇보다도 의미심장한 작가의 말에 꽂혔다고 할 수 있다.

내가 길을 떠난 것은 살아있을 이유를 알려줄 땅을 찾기 위해서, 혹은 그런 눈빛을 만나기 위해서였다.

'무언가 내가 해야 할 일이 있고, 어딘가 내가 있어야 할 이유가 있는데 나는 지금 여기서 무엇을 하고 있나? 이것이 내가 원하는 삶인가?'라는 물음을 수도 없이 했던 날들 속에서 블랑쉬의 글은 내 마음을 헤집고 들어왔다. 열다섯 살의 남동생이 자살로 생을 마감하자 작가는 슬픔으로 가득 찬 마음을 주체할 수 없어 시나이 사막으로 떠났다. 소금 카라반 무리 속에서는 단지 여자라는 이유로 온갖 무시와 박해를 당하면서도 그녀는 묵묵히 견뎌냈다. 알제리와 접해 있는 말리 북부 밀수업자들 속에서는 목숨을 담보로 하는 위험도 감수하며 그녀의 방랑은 스스로 삶에 대한 질문과 답을 찾으려고 몸부림친 흔적이 역력했다. 한 구절 한 구절 내 마음에 박히는 글들이 읽는 내내 가슴 설레게 했다. 그녀의 글은 마치 밤의 사막에서 유난히 빛나는 별들과 같았다. 태양빛이 내리쬐는 한낮의 뜨거운 사막, 그 열기가 지나간 밤의 별처럼 말이다.

작가 블랑쉬 드 리슈몽은 철학자이자 저널리스트, 연극배우이기도 하다. "방랑자는 단지 길을 떠나는 사람이 아니라 자신의 영혼을 돌보는 사람이다"라고 한 그녀의 글이 유독 철학적으로 와닿았던 이유를 작가 이력을 통해 알 수 있었다.

김남희는 『소심하고 겁 많고 까탈스러운 여자 혼자 떠나는 걷기

여행』 시리즈를 비롯하여 『일본의 걷고 싶은 길』 등 주로 여행 관련 책들을 쓴 작가이다. 여행 작가인 그녀의 책을 자료실에 붙박여 있는 나의 일상과 비교하며 책장을 넘기곤 했었다. 『길 위에서 읽는 시』는 다양한 시인들의 시 28편에 28가지 그녀의 이야기를 담은 에세이다. 에세이를 즐겨 읽는 편은 아니었지만, 시 한 편과 작가의 진솔한 마음이 잘 어우러진 이 책은 내게 잔잔한 감동을 주었다. 세상에 저항이라도 하듯 직장을 그만두고, 전세금을 빼서 길을 떠나기 시작한 작가는 '세상이 길들이지 못한 영혼이고 싶'어 했다.

특히 김현승의 「아버지의 마음」이라는 시와 함께 작가의 아버지에 얽힌 사연은 내 아버지를 떠올리게 하면서 가슴 먹먹하게 했다. 구멍가게로 생계를 꾸려야 하는 집안 사정 때문에 작가의 부모님은 늘 교대로 밥을 먹어야 했다. "나이든 남자가 혼자 밥 먹을 때/ 울컥, 하고 올라오는 것이 있다" 혼자 밥을 먹는 아버지의 뒷모습을 대할 때마다 작가는 황지우 시인의 시 「거룩한 식사」를 떠올렸다고 한다. 그런 아버지에게 살갑게 대하지 못했던 그녀가 먼 나라를 여행하고 있을 때 폐암으로 사경을 헤매는 아버지의 소식을 듣게 되었다.

그녀의 남루한 집안 사정과 아버지의 병은 내가 어렸을 때 겪었던 집안의 어려움과 내 아버지를 떠올리게 했다. 노동으로 힘든 하루를 술 한 잔으로 달래며 하루하루를 견디시던 모습. 삶의 고단함은 반골 성향의 젊었던 아버지가 타향에서 살며 부딪혀야 했던 울분들과 함께 당신의 몸에 암이 되어 퍼져 나갔다. 작가의 아버지는 일흔여덟에 생을 마감했고, 나의 아버지는 예순여덟에 생을 마감하였다. 김남희 작가의 글을 읽으며 아버지가 술 한잔을 걸치면 한 번씩 불렀던 노래가 떠올랐다.

> 오늘도 걷는다마는 정처 없는 이 발길 지나온 자국마다 눈물 고였다
> 선창가 고동 소리 옛 님이 그리워도 나그네 흐를 길이 한이 없어라
>
> 조경환 작사, '나그네 설움'에서

누군가에게 인생은 고단하고 비루하다. 작가 역시 세상 곳곳을 누비며 자유롭게 살지만, 시시때때로 옥죄는 경제적인 궁핍, 홀로 살아가는 것에 대한 외로움 또는 고독에는 자유롭지 못하다. 그럼에도 불구하고 작가는 삶에 감사한다. 블랑쉬 드 리슈몽과 김남희는 각자의 삶에서 대면한 아픔을 길을 떠남으로써 스스로 치유하는 작가들인 것 같다. 두 작가의 글을 통해서 공감하는 순간들이 내게는 나의 삶을 뒤돌아보는 시간이 되었다.

다우가(多友歌)

서창호

바람이 시원한 새벽에 눈을 뜬다. 미세먼지 농도를 체크하고 동래읍성을 향해 달리려고 집을 나선다. 새벽잠 없는 어르신들이 자박자박 걷거나 놀이터를 겸해서 설치해 둔 아파트 단지 내 운동 기구에 매달려 부지런히 몸을 놀린다. 사는 곳을 벗어나면 지하철 동래역 뒤편 음식점들이 즐비한 구간을 지나는데 환경미화원의 손길이 닿기 전에는 전날의 걸쭉한 흔적들이 크고 작은 전단지와 섞여 길바닥은 온통 어지럽다. 빌 브라이슨이었다면 이런 모습에 대해 쯧쯧 혀 차는 소리가 아니라 일탈의 한때를 오히려 찬미했을지도 모르겠다. 40대에 만난 그의 여행기는 탄산음료처럼 톡 쏘는 재미가 여간 아니었다.

동래읍성 유적 발견으로 인해 지체되고 있는 동래구청 신청사 공사터를 돌아 동래읍성 서장대(西將臺)를 향해 오른다. 거기까지는 계속 오르막길이라 뛴다고 하기에는 뭣한, 그렇다고 걷는 것도 아닌 어정정한 자세로 헉헉대며 오른다. 유홍준 교수라면 장대의 기능에 충실한, 사진 찍기에 좋은 위치를 분명 찾아냈을 것이다. 동래읍성을 찾을 때면 으레 임진왜란 때의 치열하고 잔인한 전쟁터가 생각난다. 도올 선생이라면 변박의 그림이나 임진왜란 이후 동래 부사들이 하나둘 세운 각종 비문과 또 여러 문헌을 통해 임진왜란 당시 동래읍성 전투를 비롯해 동래의 역사적 가치를 웅장하게 그려냈을 것이다.

읍성 성벽 밖에는 서장내에서 북문에 이르는 편백나무 숲길이 있다. 곳곳에 노랫말을 써둔 시비(詩碑)를 세워 두었는데 그것을 보며 노래를 흥얼거리다 어느덧 북문에 이른다. 어느 날 이 숲길에서 말벌 한 마리가 대벌레를 잡는 광경을 봤다. 생태 운동에 오랫동안 몸담았던 홍정욱 작가가 이 광경을 보았다면 절묘한 묘사를 찾아냈을 것이지만 나는 다만 폰 카메라로 둘의 모습을 담아내며 한동안 대벌레의 사투를 지켜봤다. 먹잇감을 사냥하려는 존재와 어떻게든 천적에게서 벗어나려는 존재의 생사를 다투는 현장은 양쪽 모두 한 치도 양보가 없었다. 산다는 것은 이렇게 최선을 다하는 것이다. '오늘'이란 살아볼 수 있는 마지막 날이요, 생애 처음 대하는 날이니만큼 최선을 다해야 하는 시간이다.

북문에서 '백세계단'이라 명명한 테크 계단을 한참 밟고 오르면 북장대가 나온다. 그곳에 서면 장산 금련산 황령산 백양산 금정산 광안대교 부산항대교 영도 남항대교가 한눈에 다 들어온다. 호메로스가 새벽의 여신 에오스의 비상으로 표현했던 샤프란 빛 미명이 밝아지는 걸 지켜보며 숨을 고르고 북장대를 내려가 복천고분군으로 길을 잡는다. 복천고분군은 6세기 이전 부산에 거주했던 지배층의 무덤 자리다. 한국 전쟁의 여파는 이곳에도 미쳐서 피난민들이 꾸역 꾸역 밀려들어 다닥다닥 판잣집을 짓고 살았다. 그것이 전화위복이 되었을까? 사람들이 살면서 그 아래를 파헤치지 않아 도굴 피해 없이 오히려 잘 보존된 경우가 복천고분군이다. 1969년에 처음으로 고분의 존재를 발견했고 1980년부터 본격적인 발굴이 시작되면서 무려 191기의 고분이 발견되었으며 현재와 같이 고분군과 복천박물관이 자리하는 터가 됐다.『낭만적인 고고학 산책』을 쓴 C.W.세람이라면 복천고분군의 발견 과정을 매우 극적으로 서술했을 듯하다.

복천고분군을 지나 다시 동래구청사 공사터를 지나며 지하철 동래역으로 오는 길을 환경미화원이 그새 거쳐 갔다. 그의 발길이 거친 곳마다 말끔하게 치워졌다. 도올 선생 말씀대로 "청소는 위대한 예술이다!" 한 사람의 힘이 이렇듯 대단하다! 베르나르 올리비에는 이스탄불을 시작으로 중국 시안에 도착하는 비단길 종주를 『나는 걷는다』에 기록했고, 100km 울트라 마라톤에 참가한 생물학자 베른트 하인리히는 『뛰는 사람』에서 80살이 되어도 달릴 수 있었던 내력을 기록했다. 나는 겨우 1시간여의 새벽길을 걷기도 하고 뛰기도 하며 머리로는 현재부터 6세기의 과거까지 훑어낸다. 또 환경미화원의 수고로 깨끗해진 거리를 보면서 아내와 아들이 요가 수련을 하면서 소개해 준 명상에 관한 글들을 떠올린다. 그중 에크하르트 톨레는 내면 응시를 통해 '참나'를 발견하도록 이끌었는데 새벽에 걷고 뛰면서 내 몸을 관찰할 때 그가 가르쳐준 방법을 적용해 보곤 한다. 내 심장을 느끼고 혈류의 흐름을 상상해 보고 허파의 움직임과 달릴 때 팔다리 근육의 협응, 발가락 하나하나의 존재를 인식한다. 희한하게도 이런 상상을 하며 달리는 동안에는 몸이 편안하다. 몸속 수분이 배출되고 깊은숨이 쉬어짐을 느끼며 몸이 가벼워짐을 만끽한다.

집에 도착해 관절 곳곳을 이완시키며 김수우 시인이 이집트 신화를 음미한 대로 깃털 하나만도 안될 정도의 무소유를 떠올린다. 오늘 하루는 얼마나 탐욕이란 중력에서 자유로울 수 있을까, 말초적 관심사를 초월하여 얼마나 사려 깊은 숙고와 엄중한 판단을 할 수 있을까 생각하며 데워진 몸을 찬물로 식힌다. 한때는 잘난 척해 보고 싶어서 역사와 철학에 관심을 뒀다가 선배의 권유로 그림에 관심을 쏟았다. 추사 김정희의 치열한 생애나 우리 옛 그림을 읽어내는 오주석의 수려한 문장에 관심이 쏠린 것은 그때다. 고전 읽기 독서회를 통해 서양 고전을 연대기적으로 읽다가 천체 물리학, 분자 생물학, 생명 공학과 뇌과학 등으로 관심이 옮겨졌다. 세상을 이해하는 방식의 다양함을 접하면서 나를 조금씩 확장해 가는 느낌을 받았다. 내 정신의 성장과 환경 변화에 따라 좋아하는 작가에 대한 관심과 선호도가 계속 변화해 왔다.

하루를 여는 새벽 달리기는 특히 두 가지가 매력적이다. 어둠에서 밝음으로 이어지는 장엄한 광경을 보는 것과 바람을 맞는 것이 그것이다. 빛이 퍼지는 광경은 늘 '오늘 또 새로운 출발!'을 다짐하게 한다. 바람은 살갗을 스치는 시원한 기운을 통해 그 존재를 느낌과 동시에 어떤 것에 연연하지 않아도 되고 흘러가는 대로 놔두어도 된다는 깨달음을 준다. 그처럼 내가 만난 작가들은 어리석음과 계명(啓明), 만남과 떠나보냄을 일깨워 주며 내 생애 순간순간 내가 처한 상황 곳곳에서 때론 스승으로, 때론 친구로 다가와 주었다. 그들과 보낸 시간 덕분에 나는 계속 학습할 수 있었고 성장할 수 있었다. 이를 이렇게 요약할 수 있겠다. 여러 책을 읽는다는 것은 정말 좋은 친구들을 많이 가진다는 것이요, 친구가 많은 만큼 다채로운 즐거움을 누릴 수 있는 것이라고.

내 마음의 애송시는 중국의 중당기 시인 맹교의 「유자음」이다. 이제 갓 중학교를 졸업한 아들이 고학이라도 해서 성공해 보겠다고 서울로 떠나던 1964년 12월 어느 추운 날, 살얼음이 낀 감내 강을 건너는 아들에게 음식과 옷 보퉁이를 챙겨 주시곤 강가에 장승처럼 서서 하염없이 아들을 바라보시던 어머니의 모습이, 과거 길에 오르던 아들에게 손수 뜨개질한 새 옷을 입혀 보내었을 맹교 어머니의 모습과 오버랩되어 주마등처럼 스친다. 산천이 여섯 번이나 변한 지금도….

박정목 '잊을 수 없는 작가들' 중에서

바다의 시학으로 이끈
바슐라르

정기남

상상된 이마쥬를 통하여 우리들은
시적몽상이라는 저 몽상의 절대를 알게 된다.

가스통 바슐라르, 『촛불의 미학』에서

한강의 소설 『채식주의자』의 주인공, 영혜처럼 물구나무설 수 있기를 희망했다. 『천 개의 고원』을 시처럼 읽어 내고 싶었다. 『율리시즈』의 여신인 몰리 부인을 안아 주고 싶었다. 보들레르의 『악의 꽃』을 바다에서도 피워 올릴 수 있겠다는 생각이 들었다. 세상이 온통 시라고 생각하기 시작했다. 행복했다. 나를 여기까지 인도한 작가에게 고마움을 전하고 싶었다. 바로 떠오르는 작가가 가스통 바슐라르 (1884~1962)였다. 삭막했던 대학 시절, 기숙사에서 사소하지만 무거운 사건이 발생했다. 가난했던 학생이 어렵게 사 두었던 책, 데카르트의

『방법서설』을 누군가 훔쳐 갔다. 대신 만난 책이 바슐라르 만년의 작품, 『촛불의 미학』(1961)이었다. 그 바람에 독서의 행로가 바뀌게 되었고, 결과적으로 위에서 말한 변화가 일어났으니, 내 삶에도 우연의 연금술이 암암리에 주재하고 있다는 느낌을 지울 수 없다.

바슐라르가 물질의 상상력으로 전환하게 된 계기는, 양자가능성(量子可能性)의 실재론을 받아들임으로써 데카르트적 물질관을 극복하면서라고 했는데, 나는 피동적으로 그걸 반복한 셈이다. 바슐라르는 1938년 문학적 상상력에 관한 책, 『불의 정신분석』을 쓰기 전까지는 과학 인식론자였다. 그는 과학적 인식력을 연구하면서, 모든 세계는 관계망으로 이루어진다는 확신을 하게 된다. 그 관계의 바탕에는 물질, 즉 에너지가 있다는 사실을 간파하면서 이미지와 상상력이 사유보다 우선이라는 것을 깨닫게 되었고, 지금까지의 연구 방향을 전회시킨다. 그 결과 『물과 꿈-물질의 상상력에 관한 시론』(1942), 『공기와 꿈-운동의 상상력에 관한 시론』(1943), 『대지와 의지의 몽상-힘의 상상력에 관한 시론』(1948) 등 상상력에 관한 시론을 순차적으로 저술한다. 바슐라르는 대상을 형태가 아니라 물질로써 파악하고자 하였다. 그리고 이미지들을 물·불·공기·대지의 4원소라는 기준틀에 의해 몽상해 나갔다. 4원소의 질료성이 사물과 주체의 교감을 가능하게 한다. 그 결과 내면의 동적인 변화가 일어나게 된다. 몽상은 물질의 운동이 보여주는 힘을 살아냄으로써 '존재의 전환'을 하려는 애씀이다.

바슐라르가 상상력의 시론에 도달한 것은 문학 작품 속의 이미지들을 하나하나 고찰하면서라고 한다. 시인은 이미지들을 연쇄적으로 변용함으로써 독자의 상상력을 촉발하는 존재라고 한다. 바슐라르는 언어는 바로 상상력 그 자체라고까지 말한다. 그리고 작가와 독자의 교감은 언어적 상상력의 공명이 일어날 때 가능해진다는 것이다. 바슐라르에 의하면 상상력이야말로 인간의 정신 현상에서 가장 원초적인 것이다. 우리 내부에 존재하는 존재 형성의 힘이 바로 상상력이라는 것이다. 그리고 상상력은 대상을, 세상을 변화시키는 힘이다. 상상력의 힘을 통해 현실을 초월할 수 있을 때, 새로운 삶을 향해 돌진하는 실존이 가능해진다. 물질은 부단한 생성과, 흔들리는 리듬에 의해서 세계를 구성한다. 세계는 그냥 우리에게 몸을 열어주지 않는다. 우리가 열고 들어가야 한다. 열고 들어가는 일은 상상력을 통해서라야 가능하다. 물질의 상상력이 역동적으로 움직여야 교감이 일어난다. 그때라야 우리는 비로소 시인이 될 수 있다. 상상력이 대상을 창조할 수 있을 때, 시가 탄생한다. 바슐라르는 이렇게 내게 시인이 되는 길을 일러 주었다.

바슐라르를 만나기 전까지의 나는 완정(完整)한 구성을 갖춘 이어령의 글쓰기를 닮으려고 노력했었다. 그 이후에는 어떤 도저한 힘이 용틀임하는 듯한 도올 김용옥의 글에 매료되기도 했다. 하지만 바다를 시로 써보겠다는 나의 욕망은 바슐라르 계열의 독서 쪽으로 물꼬를 텄다. 이성의 건조함보다는 물기 어린 상상력의 세계에 매료되었기 때문일 것이다. 이 세상 저 너머가 아니라, 뒷면을, 그 아래 안쪽을 꿈꾸어 보고 싶었다. 몽상은 꿈과 사색의 경계 지대의 사태이다. 평생을 주변인으로 살아온 내게 바슐라르가 안내한 몽상의 세계는 하나의 계시였다. 이 세상에 유배된 몸으로써의 내가 물구바다가 되어, 위리안치의 자세로 살아갈 곳이 되었다. 뒤집힌 바다의 검은 젖을 맛볼 수 있기를….

바슐라르는 평생을 고독하게 살았다. 프랑스의 시골 마을에서 태어나서 전신 기사로 시작하여, 중등학교 교사를 거쳐, 디종 대학과 소르본 대학의 교수가 된 만학도이자, 독학으로 평생을 무식하게 공부에 매진한 사람이다. 자신의 불행을 고독의 고행으로 행복하게 이겨낸 사람이다. 항상 처음처럼 살고자 했다. 매 순간 새로운 삶을 획득하려면, 과거까지도 바꾸어 생각할 수 있는 상상력이 필수이다. 그의 삶이 바로 그런 '존재의 전환'을 입증하고 있는 셈이다. 바다에서의 삶이 그렇다. 바슐라르에 따르면 젖어 있는 불꽃인 촛불은 타는 액체가 위쪽을 향해서 흘러가는 현상이다. 그러나 촛농은 아래로 흘러내린다. 물의 영혼인 영혜가 물구나무선 것은 다리에서 잎사귀가 자라고, 손에서는 뿌리가 돋고, 사타구니에서 꽃이 피게 하기 위해서였다. 오뒷세우스와 블룸은 바다를 향해서 여신의 자궁으로 돌아갔다.

바슐라르는 문학적 이미지 속의 4원소를 찾아내 몽상하는 방식을 제시함으로써 새로운 문학비평의 길을 열었다. 불의 이미지를 주로 사용한 호프만, 물의 이미지의 포, 대지의 이미지의 플로베르, 공기의 작가 말라르메 등을 예로 들고 있다. 그러나 바다를 몽상하는 문학 작품은 태부족인데, 그 이유는 바다를 직접 만져보거나 체험하지 못한 채, 바다로부터 귀환한 사람들의 간접적인 이야기에 의존하기 때문이라고 했다. 바슐라르가 바다를 몽상하는 책을 내지 않아서 아쉬웠지만, 한편으로는 다행스럽다. 바다를 직접 체험한 내가 나설 구실이 마련된 셈이다. 바슐라르는 문학적 이미지는 다른 것을 꿈꾸게 할 수 있어야 한다고 주장한다. 바슐라르의 응원을 등에 업고, 문학 작품 속의 바다 이미지를 캐내 보려고 한다. 제5원소로서의 바다를 제대로 몽상해 보아야겠다.

바슐라르는 평생 수직의 상승에 매달렸지만, 나는 수직의 추락을 몽상하려고 한다. 바슐라르가 평생 행복한 상상력을 꿈꾸었다면, 나는 비루한 비극을 물고 늘어져 보겠다. 바슐라르가 공기의 시인이라고 자리매김한 니체를 산 위에서 바다로 끌어내려 보겠다. 에드거 앨런 포의 검은 물의 몽상, 보들레르의 점액질 몽상을 바다에서 실험해 보려고 한다. 바슐라르가 미처 다 부르지 못한 백조의 노래를 이어 가려고 한다. 바다의 표면이 아니라 내면을 들여다보는 상상력의 동력을 키워 보겠다. 바슐라르는 인간은 살균 처리된 세계에서 살 수 없다고 했다. 바다가 미물들로 들끓는 그때까지… 바슐라르가 말한 물의 언어를 바다의 언어로 변주해 보임으로써 꿈을 잊은 이들의 혼을 흔들어 보고 싶다. 바슐라르에게 진 빚을 갚는 길이다.

잊을 수 없는
작가들

박정목

잊을 수 없는 작가 조지 버나드 쇼(George Bernard Shaw, 1856~1950)는 70년 이상을 소설가, 평론가 및 극작가로 활동해 온, 셰익스피어 이후 가장 위대한 극작가라고 알려져 있다. 그는 아일랜드의 더블린 출신으로 『미망인들의 집』을 시작으로 『셰익스피어 대 쇼』에 이르기까지 반세기 이상을 극작 활동에 몰두하면서 60여 편에 달하는 극 작품들을 발표하였다.

그는 자신의 작품들을 통하여 당시의 인습에 경도된 도덕률과 사회악을 폭로·비판하면서 새로운 사회 개량의 방법과 인간이 도달할수 있는 이상적인 인간상을 그려내고, 그의 사상의 핵심이라고 할수 있는 '생명력'과 '창조적 진화론'을 바탕으로 새로운 자신만의 종교관을 창조했다. 내가 쇼를 잊을 수 없는 이유는 그의 작품들을 나름대로 연구·분석하여 「G.B.SHAW의 종교관」이라는 논문을 발표했으며 이는 나의 박사 학위 논제이기도 하다.

이 글에서는 재미 삼아 그에 얽힌 오해의 소지가 있는 두 가지 에 피소드를 먼저 살펴본 후, 당시 만연했던 상류 사회의 부조리한 인 습을 타파하고, 계층 간의 갈등을 극복하여 진정한 사랑과 삶을 찾 아가는 한 인간의 여정을 그린 쇼의 사회 개량 사상의 일단을 보여 주는 『피그말리온』 이야기를 해 보고자 한다.

첫 번째 에피소드는 그의 묘비명 "I knew if I stayed around long enough, something like this would happen"에 대한 것이다. 이 문 장을 많은 사람들이 "우물쭈물 하다가 내 이럴 줄 알았다"라고 해석 하고 인용하기도 하는데, 이런 해석은 부적절한 것 같고 그 의미도 애매하다. 원문의 어디에도 '우물쭈물'이란 말과 일치하는 어구는 없 으며 '내 이럴 줄 알았다'도 의미하는 바가 분명치 않다. 사람은 누 구나 예외 없이 탄생의 순간부터 죽음에 이르는 순간까지 무덤(죽음) 주위를 맴돌다가 어느 순간 무덤에 들어간다. 쇼는 94년을 생존하며 장수했다. '그의 길었던 날들이 곧 끝날 것을 예감하고 위와 같은 묘 비명을 남기지 않았을까'라는 생각을 하며 어설프지만 이렇게 해석 해 본다. "나는 알았지, 아주 오랫동안 무덤 주위를 맴돌다 보면 내 가 무덤으로 들어가는 일(Something like this)이 일어나리라는 것을"

두 번째 에피소드는 20세기 초 샌프란시스코의 명문가 출신으 로 세계적으로 명성을 떨쳤던 맨발의 미녀 무용수 이사도라 덩컨 (1877~1927)이 쇼를 연모하여 그에게 보낸 구혼 편지에서 열정을 담아

"생각해 보세요! 나의 미모와 당신의 두뇌를 가진 아이가 태어난다면, 그 아이는 정말 경이롭고 멋질 거예요."라고 말했고, 쇼는 "그래요. 하지만 만약 그 아이가 나의 몸매와 당신의 두뇌를 가지고 태어난다면?"이라고 답했다. 쇼의 유머 섞인 이 말에는 짙은 냉소가 담겨 있다. 그런데 쇼가 이런 모욕적인 독설을 했을까 하는 강한 의구심이 들며, 세인들이 재미 삼아 주고받는 에피소드에 불과하다는 생각이 든다. 이 대화가 쇼와 동시대를 살았던 아인슈타인과 마릴린 먼로 간의 일화라는 말도 있으나, 이 역시 근거가 희박한 떠도는 이야기일 뿐이다.

이제 위에서 잠시 언급한 쇼의 사회 개량 철학을 담은 그의 중기 역작 『피그말리온』을 잠시 살펴보고자 한다. 이 작품은 일라이자 두리틀이라는 하층민 출신 꽃팔이 소녀가 계층 간의 허물 수 없는 간극을 극복하고 상류 사회의 타성에 젖은 인습의 틀을 벗어나 자아를 찾고자 노력하는 과정에 초점을 맞추고 있다. 이 작품은 그리스의 피그말리온 신화에서 주제를 따 왔다. 음성학자 히긴스는 일라이자 두리틀의 알아듣기 힘든 언어를 교정하고, 그녀에게 예의범절을 가르쳐 6개월 이내에 상류층 숙녀로 바꾸어 놓겠다고 내기를 걸었고, 그의 말대로 일라이자를 상류 사회에 진출시키는 데 성공한다. 그러나 히긴스는 그녀가 기울인 모든 노력은 무시하고 그녀를 버린다. 일라이자는 자신이 실험 대상에 불과했다는 사실을 알고 분개하며 타성과 인습에 젖은 상류 사회를 떠나 자신의 사랑과 새로운 삶을 추구한다는 것이 대략적인 내용이다.

또 하나 내 마음의 애송시는 중국의 중당기 시인 맹교의 「유자음」이다. 이제 갓 중학교를 졸업한 아들이 고학이라도 해서 성공해보겠다고 서울로 떠나던 1964년 12월 어느 추운 날, 살얼음이 낀 감내 강을 건너는 아들에게 음식과 옷 보퉁이를 챙겨 주시곤 강가에 장승처럼 서서 하염없이 아들을 바라보시던 어머니의 모습이, 과거 길에 오르던 아들에게 손수 뜨개질한 새 옷을 입혀 보내었을 맹교 어머니의 모습과 오버랩되어 주마등처럼 스친다. 산천이 여섯 번이나 변한 지금도….

遊子吟(유자음) 孟郊(맹교)　　길 떠나는 아들의 노래

慈母手中線 (자모수중선)　　인자하신 어머니 손끝의 바느질로

遊子身上衣 (유자신상의)　　길 떠나는 아들의 옷을 지었네

臨行密密縫 (임행밀밀봉)　　떠날 때 촘촘히 꿰매어주심은

意恐遲遲歸 (의공지지귀)　　더디 돌아올까 염려해서이겠지

誰言寸草心 (수언촌초심)　　누가 말하랴, 한 치 풀의 마음으로

報得三春暉 (보득삼춘휘)　　따사로운 봄날의 햇살에 보답할 수 있
　　　　　　　　　　　　다고

지금도 믿고
읽는 작가

신상균

좋아하는 작가를 한 사람만 얘기하기란 어려운 일이다. 그때그때 환경과 상황이 달라지고 시기별로도 다른 작가를 만나기 마련인데, 읽어서 행복했던 기억의 문제, 집중력 강도의 문제, 지금도 그 작가의 글을 읽고 있느냐를 고려할 때 내가 좋아하는 작가는 도올 김용옥 선생이다. 고려대학교 철학 교수를 할 때 전두환 정권을 비판하면서 시국 선언서를 발표하고 혼자 학교를 먼저 떠났던 그는, 교수로서 현실 대응을 하지 못한 것에 대한 자괴감으로 직위를 던졌던 것으로 기억한다. 또한 하버드, 대만, 중국, 일본 등의 유수 대학에서 공부했는데 하버드대학교에서는 철학자 왕부지에 대한 논문으로 박사 학위를 받았다.

결과적으로 도올 선생의 행적을 역추적해 현재의 모습을 바라보면 대학 교수직을 스스로 던지고 재야학자로 돌아선 것이 매우 잘

한 선택인 것 같다. 아마 그 당시 현실에 안주하고 고려대 교수직을 계속 유지했더라면 지금처럼 강의 열풍을 일으키지는 못했을 것이고 자신의 지식을 더 많은 사람들에게 전파하지 못했을 것이다. 실로 인생의 길에서 한 번의 선택이 얼마나 중요한지 알게 된다. 내가 초기에 접한 그의 책은 『동양학 어떻게 할 것인가』, 『여자란 무엇인가』, 『절차탁마대기만성』 등이다. 그때는 잘 이해되지 않는 부분도 많았다. 강의를 들은 기억으로는 EBS에서 방영한 '노자와 21세기'가 있다. 이 강의로 더 유명해졌다. 이분의 노자 철학 해석에 대해 반기를 든 학자들도 많았지만 이제 학문적으로 그를 대척점에 두고 맞대응할 사람은 그리 많아 보이지 않는다.

그는 다양한 주제를 섭렵했을 뿐만 아니라 이것의 대중화에도 성공했다. 영화, 연극, 국악, 다큐, 언론, 미술 등 관심이 다양해서 어디로 향할지 아무도 모른다. 주제와 범위를 가리지 않고 몰두하는 지적 호기심이 놀랍다. 중국 고전 강의를 좋아하는 나는 그의 유튜브 강의도 즐겨 본다. 책을 읽다가 막힐 때 도올의 강의를 듣다 보면 바로 지적 호기심이 생기는 편이다. 그는 다양한 철학 주제를 잘 잡아서 카리스마 있는 강의로 대중들을 만나고 있다. 합기도 등의 유단자인 그는 철봉을 자신의 집에 만들어서 운동할 정도로 몸을 관리한다. 70대인데도 청년 못지않은 근육질 몸을 공개해 화제가 된 적도 있다. 심신의 균형을 갖춘 분인 것 같아 더 좋아한다.

도올 선생은 시대 상황에 따라 특강 요청이 많아서 매우 바쁘지만, 강의 요청에 따라 준비하는 과정에서 자기 확장을 꾀하고 참고 문헌 섭렵을 통해 꼭 책을 쓰려고 한다는 점도 독특하다. 배워야 할 학자의 자세다. 나는 그의 책 대부분을 소장하고 있고, 다른 책을 볼 때 참고한다. 평생 익힌 학문의 세계를 세상에 소개하는 것은 그 학자의 책임감일 수 있다. 서양 철학사에 관심 있는 분야가 있어서 찾아보며 그의 강의를 들으면, 그가 여전히 임팩트 있는 강의를 한다는 것이 느껴진다. 노올 선생이 젊은 시절 공부할 때의 기억과 경험담을 들려주는 것도 쏠쏠한 재미가 있고, 철학 용어에 대한 해설도 쉽게 잘하고, 특정 부분에 대한 자기 생각을 진술하게 드러낸다. 미사여구와 같은 기술을 사용하기보다는 깊이 찌르는 스타일이라고나 할까?

우리나라 현실 정세에 대한 얘기도 강의 중에 간간이 끼어들어 삼천포로 빠질 때도 있지만, 재미있다. 그리고 존경스럽다. 누구든지 이념 스펙트럼은 갖고 있기에 자기가 선호하는 사람의 생각을 좇아가게 된다. 사람들의 입에 오르내리는 일을 피할 만도 한데 그는 과감하다. 도올의 인생살이가 그런 것 같다. 화를 피하려고 자기 관리에 들어갈 법도 한데 70대 나이에 그런 길을 선택하다니 대단한 학자이다.

한창훈의 바다를
항해하다

박경자

한창훈 작가가 묻는다. "당신이 고향에 두고 온 것들 중에 무엇이 가장 그리운가."[6]

아찔한 벼랑 끝 바다, 대풍감 너머 저녁노을, 수평선에 걸린 오징어잡이 불빛, 경계를 허물던 안개, 미쳐 날뛰던 바람, 멍멍이를 앞세우고 걷던 눈길, 작물이 출렁이던 비탈밭, 불이 춤추던 아궁이, 온돌방 아랫목… '가장'에 걸려 머뭇거린다. 이 모든 것이 깃든 섬이 그립다고.

그가 들려주는 남쪽 바다이야기 속에서 내 고향 울릉도를 만난다. 섬을 품은 바다, 바다가 고립시키는 섬에 깃든 사람은 내가 태어나고 자란 섬사람과 닮았다. 생존의 바다를 건너는 사내와 비탈밭에 엎드린 여인네와 자맥질하는 처녀, 갈매기 울음 요란한 풍경 속에 부모님과 언니가 있다. 욕설과 음담패설을 안주 삼아 술잔을 기울이는 친구와 마실 오빠가 있다. 낄낄거리며 책장을 넘기다 목이 멘다. 적막의 무게에 짓눌린 열일곱의 내가 있다. 여름 한낮, 대청마루에 멍하니 앉아 있었다. 라디오에선 조용필의 '고추잠자리'가 흘렀다. 시선은 마당을 건너, 연못을 지나 신작로 너머 흙길, 제당 숲에 닿았다. 바람 한 점 없었다. 포구나무도 푸른 물을 울컥 쏟아내고는 정지했다. 강낭대도 긴 잎을 늘어뜨리고 숨도 쉬지 않았다. 한여름 뙤약볕도 밭작물 위에 굳어 버렸다. 일순간 아무 소리도 들리지 않았다. 숨이 막혔다.

"태초에 말씀이 있었다면 그 이전에는 적막의 세계였다는 소리고 적막에 의해 소리가 창조됐다는 말이다. 그렇게 오래된 것이 지금도 연연히 이어져, 보이지도 않고 만질 수도 없지만 존재만은 분명하게 느낄 수 있는 바람처럼 내 주변에 늘 있는 것이다. 그것은 수시로 나타나고 그리고 나를 시험에 들게 했다."[7]

허옇게 일어서서 방파제를 무너뜨리는 파도 앞에서도, 양철 지붕을 뜯는 바람 속에서도 종종 한여름 적막에 휩싸였다. 연락선을 타고 바라보는 섬은 아찔한 수직의 돌덩이였다. 돌 틈에 뿌리를 내리는 돌채송화처럼 벼랑 끝 괭이갈매기 둥지처럼 나의 하루하루는 위태로웠다. "살아 있는 것은, 생명은, 천형처럼 적막을 두려워하는 존재인 것이다."[8]

작가 한창훈, 그는 내가 외면한 적막과 맞장 뜬다. 태어나고 자란 거문도로 돌아가 적막을 생존수단으로 삼았다. 귀신 나온다는 집을 수리해 쪽창으로 바다와 달을 들여놓고 글을 썼다. 소설 『섬, 나는 세상 끝을 산다』를 들고 세상에 나왔다. "몸 한 조각을 잘라내 정신의 진물로 반죽한 다음 빚어 놓은 느낌"이라고 고백한 이 작품에 빠져 나는 그의 섬에 오래 머물고 있다.

말을 배우기도 전에 먼저 보았던 거문도 바다는 그의 원형이다. 그는 삶이 글이고, 글이 삶이다. 생계형 낚시로 생선을 잡고 다듬어 음식을 장만해 먹는 과정을 고스란히 『내 밥상 위의 자산어보』에 담았다. 그가 사랑했던 외할머니, 어머니, 이모로 이어지는 바닷가 여인들의 삶은 소설 『홍합』에서의 바다처럼 출렁인다. 자신의 이름을 고이 접어 주머니 속에 넣어둔 홍합 공장 여성 노동자 강미네, 쌍봉댁, 석이네, 광석네, 김씨네, 승희네. "새끼들 땜에라도 참말로 징그럽게 살아 낸" 할머니 삶의 연장선에 그녀들이 있다. 공장 일에 집안일, 밭일, 자식 농사, 부모 건사까지 고된 노동에 시달리지만 질펀한 농담과 노래 한 가락, 몇 잔 술로 고단함을 달랠 줄 아는 건강함이 있다. 항구에 깃들어 고기잡이보다 술, 노름, 폭언, 폭력이 일상인 난봉꾼 남편도 파도처럼 바라본다. 홍합 공장 여인들은 바다를 탓하지 않는 섬을 닮았다.

작가 한창훈, 마침내 섬이 되었다. 음악다방 DJ, 트럭운전기사, 막노동자, 선원, 포장마차 주인까지 섭렵한 이력으로 풀어내는 사람 살이는 짠하다. 깊이도 넓이도 알 수 없는 바다 속내를 삼십 년 넘게 들여다본 그의 언어는 깊고 푸르다. 푸른 물에 빠져 허우적거리다 섬에 오르면 아득한 수평선 너머 고만고만한 삶이 숭고하다.

책상에 앉아 서가에 나란히 꽂혀 있는 그의 작품을 본다. 열 권이 넘는다. 밑줄 그으며 몇 번이나 읽은 장편 소설, 듬성듬성 골라 읽은 단편집, 삶의 궤적을 보여 주는 산문, 미처 읽지 못한 책도 있다. 여름엔 이 중 몇 권을 들고 길 떠날 생각을 한다. "해가 바다로 사라지고 노을이 찾아오고 어둠이 내려앉으면서 바다 색깔이 황금빛에서 주황으로 다시 감청으로, 코발트블루로, 검정으로 바뀌어 갔다. 그러면 몸은 더욱 서늘해졌고 지나가는 배가 항해등을 켤 때쯤에야 비로소 방에 들어가 스위치를 올렸던 것이다."[9]

글쟁이들은
마술사

김은숙

개인적으로 어느 한 작가의 작품 세계에 깊이 빠져들어 책을 보는 스타일은 아니어서 애정하는 작가를 선택하는 일이 어렵다. 수많은 작가와 책들 사이에서 어떤 작가를 애정할까? 가장 고민되는 장이다. 특별히 좋아하는 작가나 특별히 좋아하는 책이 없다. 다양한 분야에 관심이 많아서인지, 어떤 분야에 깊이가 없어서인지 잘 모르겠다. 그래서 정감 있고 마음이 넉넉할 것 같은 이정록 시인을 먼저 소환해 보기로 했다.

독자들은 누구나 살아오면서 아리고 쓰린 시간과 행복했던 기억이 쟁여져 있다. 인생의 희로애락이 담긴 글들은 그런 독자들의 마음을 도닥여 준다. 작가가 따뜻하게 지어놓은 시나 수필을 읽으며 같은 공감대를 느끼며 위로받기도 한다. 이정록 시인은 늘 부지런하게 시 짓기에 정진하며 범상한 사물을 통해 삶의 의미를 포착해서 독자의 연민과 정서를 일으킨다. 작고 주변적인 것들에 초점을 맞춘 일상을 바라보는 시선이 따뜻하다. 대상에 대한 섬세한 관찰에서 그 대상에 인간적인 가치를 부여하고 살아가는 지혜를 끌어낸 글들도 좋다. 개인적으로 『버드나무 껍질에 세들고 싶다』, 『의자』라는 시집이 기억에 남는다.

시인들은 시 줄기가 일상화되어 무엇을 보거나 겪는 경험이 모두 시가 되나 보다. 나도 한때는 어떤 상황에 처했을 때 이 소재로 시를 지으면 좋겠다는 생각이 마구마구 샘솟은 적이 있었다. 그런 생각만 하고 글짓기를 실행에 옮기지 않아 그 순간의 감정이나 글감이 휘발되어버렸다. 글이란 부지런한 마음도 필요하고 어떤 순간의 상황이든지 글감이 떠오르면 일단 적어야 함을 실감한다. 어떤 일이든지 성실이 함께해야만 결과가 이루어짐을 다시 한번 깨닫는다.

『시인의 서랍』이란 산문집도 이불처럼 포근하다. 내가 시골에서 자라서인지 농촌다운 정감과 향수가 글에서 솔솔 풍긴다. 해학과 입담도 찰지게 표현되어 있어 읽는 동안 소리 내어 웃기도 했다. 상황 묘사를 이야기로 잘 엮어 작가의 의도대로 유머러스하게 이끌어갔다. 진지한 글도 좋지만 나이 들수록 삶을 객관적으로 바라보는 위트와 해학적인 글이 더 다가온다. 마음 따뜻하게 만드는 글과 삶의 촘촘한 현장이 시인의 서랍에서 구석구석 느껴져서 좋다.

다음으로 소환하고픈 시인은 박형권 시인이다. 여러 시집을 접하다가 지인의 소개로 박형권 시를 읽게 되었다. 일과가 끝나고 늦은 저녁에 읽기 시작한 시를 새벽까지 몇 번을 다시 읽고 읽었다. 그날 밤은 행복하기도 하였고 짠한 마음을 간직한 채 잠든 기억이 난다. 가슴으로 읽고 멍해져서 다시 마음으로 받아낸 시집이다. 기존의 시에서 느끼지 못했던 새롭고도 신선한 맛이 느껴졌다. 구구절절한 삶의 경험이 진한 밀도로 그려져 있었다. 작가에게 연민의 감정이 생기기도 하고, 글을 읽는 동안 아릿한 심장의 뜨거움에 뇌가 약간은 멍해지는 순간이었다. 작가와 같은 등가의 고통이나 상처, 가난이 글에서 가슴으로 체험되는 느낌을 받았다.

아무도 그에게 시를 가르쳐주지 않았고 독학을 통해 시 짓기를 하였다고 한다. 마흔여섯에 시에 입문하였고 그가 경험한 세상이 타고난 감각으로 글로, 그 구체성이 정직하게 발산되었다. 『우두커니』 시집에 '관계'라는 시는 생존의 공간인 어촌의 공동체적인 가치와 그 관계 안에서 살아가는 존재들의 연대를 유머러스하면서도 정감 있게 표현했다. '털 난 꼬막' 시를 읽다 보면 짠하다가 비릿한 삶의 속성을 까발리는 날것들에 마음이 머문다. 한 생의 여정이 한 편의 소설 같은 시로, 아픔, 상처, 비애의 세계를 해학과 위트로 이끌어 준다.

시인들의 세계에 머물다 보면 그 주인공들과 교감 관계가 형성되어 삶을 바라보는 시선이 확장되는 경험을 하게 된다. 인간의 생생한 삶의 이야기를 듣다 보면 욕망에 찌든 마음이 해소되고 세척되니 글쟁이들은 마술사라 말하고 싶다. 시인들은 늙어가는 감성을 적셔 주며 사유의 세계로 초대한다. 소박한 일상의 삶의 단면들이 그들로 인해 생명력을 얻는다. 그 생명력은 독자의 마음을 따스하게 회복시켜 준다. 그 힘을 나는 사랑한다.

사랑은
움직이는 거야

황선화

읽어야 할 책들이 쌓여 가고, 읽고 싶은 책이 늘어간다. 느낀 만큼 보이는 만큼 읽으면 된다지만 부풀어 오르는 목록 앞에서 초조해진다. 성급해지는 마음을 다스려야 한다. 읽다가 말면 그만이지 눙치기도 하고, 부지런히 읽다 보면 다음 생에는 잘 읽는 사람이 될 거라는 엉뚱한 위로에 슬쩍 마음을 부려 놓기도 한다. 그런 나의 읽기는 함께라서 풍요로워지고 함께라서 해석이 가능할 때가 많다.

애정하는 작가에 대해서도 비슷하다. 누군가의 인생 작가라는 말에 귀가 활짝 열리고, 좋아하는 작가라는 말을 들으면 찾아보게 된다. 지난여름 아껴가며 읽던 『나의 인생』, 마르셀 라이히라니츠키 또한 그렇게 만났다. 읽고 쓰기에 진심인 이들의 권유 때문인지, 언제나 명료함을 위해 단순하게 써야 한다던 그가 말하듯이 쓴 글 때문인지 마지막 페이지를 덮기가 아쉬웠다. 담백한 문장 속 힘겨운 삶의 여정은 안쓰럽고 아픈 것이 아니라 견고한 한 생이었다.

독일의 문학평론가로 '문학의 교황'이라는 수식어까지 얻었던 마르셀이지만 바르샤바의 게토에서 탈출하고 반세기가 지나서야 그 시절을 글로 옮겼다. 다시 떠올리는 것이 두려웠고 그에 대해 쓰는 일을 감당하지 못할까 봐 염려스러웠다고 한다. 날카로운 비평가의 인간적인 고백에 가슴이 몽글해졌다. 학창 시절, 안식일에 글을 쓰지 말라는 규율에 분개할 정도로 부지런히 읽고, 부지런히 쓴 그. 게토 생활에서부터 불안한 삶의 위기에 놓이길 여러 차례였지만 삶을 헤쳐 나가는 중심에는 늘 읽고 쓰기가 있었다. 40년 동안 비평한 책이 8만 권이 넘는다는 대목에선 그게 가능한가, 한참 손을 꼽아보기도 했다.

어떤 끌림이었을까. 프랑스 작가 특유의 위트에는 거의 반사적으로 입꼬리가 올라간다. 행간에 흐르는 반짝이는 재치에 매료된다. 유머러스한 가운데 매운, 아픈 이야기를 아프지 않게 하는 방식이라고나 할까. 『홍당무』가 그저 동화가 아니고, 꼬마 소년 '니콜라'의 일상이 가볍게 웃어넘길 이야기가 아닐 때, 독서의 즐거움이 있다. 장 자크 상페의 『얼굴 빨개지는 아이』를 좋아하고, 『속 깊은 이성 친구』를 곰곰이 읽는다. 이웃 일본의 작가 마스다 미리 또한 애정한다. 심각하지 않게 삶의 태도를 일깨우고 경계를 넘지 않는 관계를 보여 주는 순정한 일상이 마음을 말랑하게 한다.

근래에 흠뻑 빠진 작가는 러시아의 대문호 도스토옙스키이다. 늘 욕심내던 한 작가 읽기, 그 여정을 함께하는 벗들이 있다. 나름의 감상도, 제멋대로인 독해도 편안하게 나눌 수 있는 그녀들과 『지하로부터의 수기』를 시작으로 『백치』를 지나 『죄와 벌』을 읽었다. 덮어 둔 『카라마조프가의 형제들』을 펼치고, 작가 도스토옙스키에 대해서도 한 걸음 더 다가가는 시간을 가졌다. 동시대를 살다 간 톨스토이와 많은 면에서 견주어지는 도스토옙스키, 그를 향한 흠모엔 작품 속 드미트리를 향한 주변 인물들의 눈빛 같은 게 담겨 있는 듯하다. 완벽한 사람을 향한 흠모엔 어쩔 수 없는 열패감이 묻어 있다면, 실수도 하고 부족한 구석도 있는 이에게 느끼는 인간미는 어떤 동질감이기도 하다. 허우적거리는 나에게 여지를 주듯 살짝 빈틈이 있는 사람을 향한 애정처럼. 『가난한 사람들』을 첫 작품으로 쓸 만큼 결핍했고, 그런 중에도 낭만이 있었던 도스토옙스키는 연모하는 유부녀였던 첫 아내의 아들을 줄곧 지원하고 형의 가족들을 돌본다. 그가 만들어 낸 인물들 역시 일면 츤데레의 면모를 갖고 있다. 악인을 악인으로만 볼 수 없게 한다.

평생에 걸친 마르셀의 끈기와 상폐의 위트, 또래 작가 마스다 미리의 가볍지만은 않은 경쾌함에 끌리고, 도스토옙스키의 결핍이 만들어 낸 결실을 경외한다. 특별한 스토리가 있을 때 사랑에 빠지는 것처럼 고통을 인내한 진주 같은 이야기를 품은 작가를 흠모한다. 결핍에 따른 당김처럼 반짝이는 그들에게 매혹된다. 사실 거의 매번 지금 만나는 작가와 사랑에 빠진다. 사랑은 움직이는 것, 다음 사랑을 기다리는 설렘은 덤이다.

5장

내 인생
최고의 책

헤로도토스는 시간에 따라 사건들이 흐르게 놔두지 않는다. 장면들이 스크린에 단순히 펼쳐지는 방식이 아닌 것이다. 그의 기록은 선과 면 이외에 깊이를 가지는 입체감으로 눈앞에 다가선다. 사건의 원천(原泉)을 찾아가는 빛나는 탐구 정신을 발휘한다. 당시 인물들의 조상이 누구였는지, 그들을 둘러싼 인간 관계망과 사회 제도를 소상히 밝혀낸다. 더욱이 그것들이 어떻게 변하면서 수백 년, 수천 년을 내려왔는지도 보여 준다.

헤로도토스의 치열한 연구 덕분에 우리는 고대 헬라스(그리스)인과 페르시아인의 숨결을 고스란히 느낄 수 있다.

이준영 '인간의 시간에 빛을 던지다' 중에서

역사의 뿌리와 혼이 담긴
최고의 고전 _일연『삼국유사』

김은숙

『삼국유사』는 우리 역사서 가운데 처음으로 고조선의 건국 신화인 단군신화를 수록하였다. 고조선, 위만조선, 마한, 사이(四夷), 구이(九夷), 구한(九韓), 예맥, 발해, 오가락국, 북부여, 동부여, 삼한과 삼국의 시조 설화부터 역사 등 고대사 체계를 수렴한 책이다. 우리나라의 신화와 설화 등의 원형, 정형 시가의 가장 오래된 형태인 향가 14수, 방대한 불교 자료와 민속 신앙, 일화 등이 실려 있어 국문학 연구에도 소중한 가치를 지닌 유산으로 평가 받고 있다.

『삼국사기』가 유교적 관점에서 국가적 사업으로, 김부식 주도하에 학자들이 편찬했다면『삼국유사』는 고려 후기의 승려인 일연이 신이적(神異的) 차원의 역사서를 남기려는 의도를 가지고 기존 사서에 드러나지 않은 사실을 저술한 책이다. 우리나라의 고기, 향기, 비문, 고문서, 전각 등 50여 종의 자료를 다양하게 인용하여 후대 사람들이 역사, 지리, 문학, 미술, 고고학, 민속, 사상, 종교 등 우리 고대 문화의 면모를 파악할 수 있게 하는 귀중한 책이다. 민족적 자주성과 문화에 대한 자긍심으로 서술되었으며 문화 전통의 유구함을 알리며 외세의 압제에 대항하여 극복하고자 하는 간절함으로 기록했다.

고대 초기에 천신 신앙에 입각해 있던 신성 관념을 불교 수용 이후 삼국의 역사에서는 불교를 중심 사상으로 하였고, 불교사 관계를 폭넓게 기록했다. 『삼국유사』에 수록된 14수의 향가는 신비롭고 기이한 일이나 불교 신앙의 영험함, 화랑을 기리는 것으로 이두와 고대 언어, 국문학 연구에 중요한 자료가 된다. 일연은 광범위한 자료를 수집하고 현장을 직접 답사하여 채록한 자료들을 자신의 견해와 구분하여 서술하면서 역사적 사실을 객관적으로 기록하려고 애를 썼다. 전 5권 9편으로 구성되었으며 제1권은 왕력(王曆)과 기이(紀異), 제2권은 기이편의 계속. 제3권은 흥법(興法)과 탑상(塔像), 제4권은 의해(義解), 제5권은 신주(神呪), 감통(感通), 피은(避隱), 효선(孝善) 편으로 되어 있다. 왕력과 기이편이 전체분량의 절반을 차지하고 삼국의 역사 전반에 관한 자료를 모아 정리하였다. 7편은 불교사에 관한 것으로 불교의 수용과 공인, 사찰과 불상, 탑의 건립, 승려들의 불교학 연구와 다양한 활동, 신앙의 모습을 서술하였다. 『삼국유사』는 역사적으로 중요한 자료가 많아서 드라마나 영화, 문학, 애니메이션 등 한국의 문화 콘텐츠로 활용하기에도 적합한 요소가 풍부하다.

나는 고대사에 대한 기록을 보며 우리 민족의 얼이 얼마나 유구한지 민족적 자부심을 느꼈다. 우리나라에서 가장 오래된 역사서임에도 불구하고 학창 시절 역사 시간에 간단하게 배우고 지나갔던 것이 아쉬울 정도다. 독자로서 그리스 로마 신화는 읽고 공부하면서 정작 내가 살고 있는 우리 민족 국가의 신화나 설화, 역사서를 제대로 읽어 보지 못했다는 것에 부끄러운 마음도 들었다. 『삼국유사』는 따분한 역사서와 달리, 흥미로운 이야기 위주의 생동감 넘치는 서술 방식으로 선현들의 삶을 실감 나게 들여다볼 수 있다는 것이 큰 장점이다. 70세에 쓰기 시작한 일연 스님의 역사의 정신적 의미에 대한 안목과 감각, 숨결, 애정이 느껴졌다. 일연의 눈으로 피지배층의 시각과 백성의 민심과 정서를 엿볼 수 있었다. 책 속의 조상들과 만나며 그들의 소리를 듣고 그들의 혼을 느끼며 내가 존재하는 정체성의 근원과 마주하곤 했다.

우리 역사의 시작을 고조선부터 기록한 일연 스님의 업적을 우리 후손들은 마땅히 높이 추앙하여 책을 읽고 토의하며 정신적으로 고양할 필요가 있다고 생각한다. 소명 의식과 의지가 대단한 일연 스님이 걸어 걸어 역사의 흔적을 찾아다니신 그 길을 『삼국유사』를 읽으며 같이 걸었다. 기회가 된다면 그 길을 현장 답사하며 공부하고 싶다. 『삼국유사』는 과거의 흔적을 통해 그 편린들을 복구했고, 역사를 서술해서 또 하나의 역사를 만들었다. 우리 조상님의 역사의 뿌리와 혼이 담겨 있는 역사 기록의 집인 『삼국유사』가 나에게는 최고의 고전이다.

인간의 시간에 빛을 던지다

_헤로도토스 『역사』

이준영

'내 인생 최고의 책'이라는 주제 앞에 서니 갈 길 잃은 나그네와 같은 기분이 든다. 나에게 주는 감동이나 영향이 책마다 다르니 그 가운데 하나를 고른다는 게 쉬운 일이 아닌 까닭이다. 어떤 책은 수렁에서 나를 건져주었고, 다른 책은 밤을 꼬빡 새울 정도로 흥미로웠다. 또 한글을 늦게 깨친 나를 지적 성장의 길로 인도한 스승 같은 한 권도 기억이 난다.

선택을 가로막는 이유는 이뿐만이 아니다. 문화란 게 결국 공동체 구성원을 태우고 어떠한 흐름을 따라가는 배와 같은 뜻이 아니던가. 이른바 위대한 저서(Great Book)나 불간지서(不刊之書)라는 고전들은 그러한 선박의 엔진이자 연료나 다름없다. 이들 책이 가지는 중요성은 더 강조할 필요가 없으나, '내 인생 최고의 책'이라는 주제 앞에서 자칫 진부해질 수 있다. 대다수가 그러한 책들을 '내 인생 최고의 책'으로 여길 것이기 때문이다. 그렇게 되면 나만의 개성은 사라지고 만다. 고심 끝에 선정 기준을 이렇게 잡았다. 가장 심혈을 기울여 읽은 책을 그 자리에 두기로 한 것이다. 여러 번에 걸쳐 통독과 정독은 물론·토론과 합평을 한 결과를 책으로 내게까지 한 원전을 말하는 것이다.

그 주인공은 바로 헤로도토스의 『역사』이다. 나를 포함한 아홉 명은 1년간 잠을 줄이면서 이 책을 읽고 글을 썼다. 총 10편이 나왔다. 한 주제를 잡아 『역사』와 함께 뒹굴면서 고뇌한 결실이었다. 누구는 그 과정에서 인간의 욕망을 봤고, 누구는 자기를 만났다. 어느 이는 상상력이 발동해 소설을 엮어내기도 했다. 원전을 기반으로 한 2차 창작물인 『헤로도토스 역사 따라 자박자박』(엘박사들 펴냄)은 그렇게 2022년 8월에 나올 수 있었다.

헤로도토스의 『역사』는 한마디로 인간의 시간에 빛을 던져 준 책이다. 이 책은 헬라스-페르시아 전쟁의 양상과 그 기원을 자신의 '탐구'로 기록한 것이다. 헬라스어 '탐구'는 라틴어 'Historia'로 차용돼 오늘날 여러 유럽어에서 '역사'란 뜻을 가진 단어로 변했다. 책 제목이 역사 자체를 뜻하는 단어가 된 셈이다. 이 고전은 지금으로부터 약 2,500년 전의 사건을 한 편의 영화처럼 우리에게 전하고 있다. 당시 거대한 사건이 지중해를 중심으로 벌어졌다. 페르시아 제국과 헬라스 폴리스들 간의 격돌이었다. 페르시아는 정복왕의 등장으로 세워진 대제국이었다. 반면 헬라스의 폴리스는 전제 군주의 등장을 극도로 꺼리는 도시 국가들이었다.

신화의 세계에서 벗어나 인간의 소리와 행동을 전하는 최초의 서양 역사서로 평가받는 이 책은 시작부터 감동을 안긴다. 인간들이 이룬 일들이 시간의 힘에 잊히지 않고, 헬라스인과 페르시아인이 보인 놀라운 행적을 세상에 널리 알리기 위해서라는 저술 목적을 헤로도토스는 명확히 밝히고 있다.

헤로도토스는 시간에 따라 사건들이 흐르게 놔두지 않는다. 장면들이 스크린에 단순히 펼쳐지는 방식이 아닌 것이다. 그의 기록은 선과 면 이외에 깊이를 가지는 입체감으로 눈앞에 다가선다. 사건의 원천(原泉)을 찾아가는 빛나는 탐구 정신을 발휘한다. 당시 인물들의 조상이 누구였는지, 그들을 둘러싼 인간 관계망과 사회 제도를 소상히 밝혀낸다. 더욱이 그것들이 어떻게 변하면서 수백 년, 수천 년을 내려왔는지도 보여 준다.

헤로도토스의 치열한 연구 덕분에 우리는 고대 헬라스(그리스)인과 페르시아인의 숨결을 고스란히 느낄 수 있다. 헤로도토스는 이집트, 메소포타미아, 페니키아, 스키타이 지역을 여행하며 그곳의 풍습과 문물, 역사를 만난다. 이는 『역사』 후반부에 펼쳐지는 페르시아 전쟁과 맞닿는다. 그것을 위해 세계 일주에 버금가는 여행을 했다는 사실에 놀라움을 금치 못한다.

자신이 직접 현장을 찾아가 사실을 확인했고, 도저히 그렇게 하지 못하는 부분에 대해서는 전해 들은 얘기라도 전하지 않고서는 직성이 풀리지 않는 헤로도토스의 집요함도 경이로움으로 다가온다.

생사의 기로에서 붙잡은 철학

_보에티우스 『철학의 위안』

김경옥

보에티우스의 『철학의 위안』을 '내 인생 최고의 책'으로 꺼내 든 이유는 '철학'과 '위안'이라는 두 단어가 강렬하게 나를 끌어당겼기 때문이다. 동일한 서명으로 알랭 드 보통의 『철학의 위안: 불안한 존재들을 위하여』라는 책도 있지만, 생과 사의 기로에서 철학에 매달린 보에티우스 글의 무게감은 보통의 책과는 비교가 되지 않는다.

반평생을 넘어 훌쩍 중년이 된 나이임에도 늘 '어떻게 살까?'라는 물음표가 불쑥불쑥 떠오르는 나는 아직도 삶의 중심을 잡지 못하고 있는 듯하다. 아니 어쩌면 원초적인 이런 질문은 빠르게 변하는 이 시대를 살아가고 있는 사람들에게 공통된 질문일 수도 있겠다.

우리는 제4차 산업혁명과 함께 AI 시대에 살고 있다. 인간이 섰던 자리를 키오스크와 로봇이 대체하고 있다. 매장 내 음식 주문과 배달부터 공공 도서관의 이용 안내 및 도서 대출, 반납까지 기계의 도움을 받고 있다. 사람들과 대면할 수 있는 기회는 줄어드는 반면, 방송이나 출판 등에서는 인문학을 외치고, 공공도서관에서는 지역 주민을 대상으로 인문학 프로그램을 많이 운영하고 있다. 인간을 마녀로 몰았었던 중세 시대에 반발하여 문예 부흥이 일어났던 르네상스처럼, 인문학을 부르짖는 작금의 시대는 제2의 르네상스와도 같은 것일까.

보에티우스는 475년경 로마의 유수한 귀족 가문에서 태어난 최후의 로마인이다. 490년경 집정관이던 아버지가 죽고, 로마에서 가장 존경받던 귀족 심마쿠스의 양자가 된 후, 그의 딸과 결혼하였다. 아테네와 알렉산드리아에서 수학하며, 문학·철학·산술학·음악·천문학 등 다방면의 학문을 공부한 보에티우스는 테오도리쿠스 왕에게 학식과 인품을 인정받아 510년에 집정관이 되었다. 승승장구하던 보에티우스의 인생에 어두운 그림자가 들이닥친 것은 520년경, 원로원 의원들과 테오도리쿠스 왕이 알비누스(전 집정관)를 반역죄로 고발하였는데, 보에티우스가 알비누스를 변호하다가 반역 혐의를 받아 유배지 파비아의 감옥에 갇히게 되면서부터였다. 『철학의 위안』은 바로 이때 옥중 생활을 하면서 집필한 책이다.

삶과 죽음의 사이, 절체절명의 순간, 보에티우스가 붙잡았던 것은 철학이었다. 『철학의 위안』은 '보에티우스와 철학의 여신', '운명의 여신과 참된 행복', '참된 행복과 최고선', '신의 섭리와 운명', '신의 섭리와 자유의지' 총 5권으로 구성되어 있다. 감옥에 갇혀 있는 보에티우스 자신과 여인으로 등장한 철학 간의 대화로 이루어져 있다. 철학이 보에티우스의 스승이 되어 그의 정신적인 질병을 진단하고 여러 의문들에 대답을 주는 형식으로 전개된다. 철학을 여인으로 의인화한 것도 흥미롭거니와 시와 산문의 형식으로 대화를 이끌어나가는 것은 플라톤과 키케로의 대화 형식에서 가져왔다.

억울한 누명을 쓰고 감옥에 갇혀 언제 죽을지 모를 상황에서 보에티우스는 그런 자신의 운명에 대하여 넋두리하지만, 철학의 여인은 신의 섭리와 인간의 자유 의지에 대하여 설파하며 보에티우스의 격정적인 감정을 냉정하게 비판한다. 결국 보에티우스는 동로마와 서로마 제국 간의 세력 다툼 속에서 테오도리쿠스 왕의 의심과 원로원들의 시기 등으로 사형을 당하고 만다. 죽음이 다가오기 전까지 두려움 속에서도 이 책을 쓰며 냉정을 잃지 않으려 했던 보에티우스의 절박함이 다가오는 책이다. 철학의 여인은 운명에 대하여 다음과 같이 말한다.

"운명은 불운의 모습일 때가 행운의 모습일 때보다 사람들에게 더 큰 유익이 된다."

행운을 맞은 사람들은 산들바람처럼 이리저리 살랑살랑 불어오는 행운에 정신을 차리지 못하고 자기 자신을 잊어버리지만, 불운을 당한 사람들은 역경들을 겪으면서 정신을 바짝 차리며 만반의 준비와 태세를 갖추게 된다는 것이다. 보에티우스는 자신의 불운 속에서도 스스로 위안하며 정신을 놓지 않으려고 애쓴 점이 역력하다.

변화하는 시대 속에서 나는 나의 운명을 어떻게 받아들이며 살 것인지, 이 책을 곁에 두고 삶의 갈피를 잃을 때마다 읽어야 할 것 같다.

모비 딕의 바다

_허먼 멜빌 『모비 딕』

정기남

> 나는 녀석한테서 잔인무도한 힘을 보고,
>
> 그 힘을 더욱 북돋우는 헤아릴 수 없는 악의를 본다네.
>
> 내가 증오하는 건 바로 그 헤아릴 수 없는 존재야.

허먼 멜빌, 『모비 딕』에서

남에게 읽어 보라고 권하고 싶은 책이 있는가 하면, 숨겨 두고 혼자 읽고 싶은 책이 있다. 자기소개서나 이력서의 취미란에 모양새 없이 '독서'라고 써내는 바람에 추천할 만한 도서에 대한 질문을 종종 받기도 한다. 젊어서는 리처드 바크의 『갈매기의 꿈』을, 나이 들어서는 니코스 카잔차키스의 『그리스인 조르바』를 내세웠지만, 최근에는 허먼 멜빌의 『모비 딕』을 대답으로 준비해 두고 있다. 그러고 보니 어떤 흐름이 있는 것 같다. 하늘로의 비상에서, 대지 위에서의 춤으로, 그리고 바다에서의 추락이라는 아래 방향으로의 탈주선이 보인다. 추락하라는 말을 다중에게 권할 수는 없는 노릇이니, 나처럼 고독한 사람에게만 권하고 싶은 책이 『모비 딕』이라 해두자.

우리와 달리, 서양인들에게 해양 모험 소설은 차고 넘친다. 그중에서도 『모비 딕』이 특별한 이유는 진정한 사냥꾼의 이야기이기 때문이다. 『모비 딕』은 근육과 땀과 피가 부딪히는 난장, 바다와 바다에서 태어난 인간이 벌이는 사투, 해양적 실존의 서사시이다. 모든 삶과 문학의 가능성을 시험해 보는 현장이다. 그러면서 한편으로는 삶의 어두운 진실, 어둠의 거대한 힘, 삶의 악마성을 파헤친다. 절대적 실재에 다가가려는 자는 파멸을 각오해야 한다는 선언문이다. 멜빌은 도서관을 헤엄쳐 다니고 넓은 바다를 몸소 항해하면서, '손으로' 고래들과 관계한 비극적 영웅이었다.

『모비 딕』은 뭐랄까, 하얗게 무겁다. 바다 그 자체다. 바다라는 물질 전체가 모비 딕이라는 흰고래의 힘으로 변용한다. 허먼 멜빌이 상상력으로 재구성해 낸 바다의 이미지가 모비 딕이다. 비상이 아니라 침몰을 꿈꾸는 자의 혈투이다. 순수한, 절대적인 힘들의 사투이다. 바슐라르가 말하는 역동적 상상력이 빚어낸 순수한 힘, 추락하는, 내리꽂히는 비참한 속도… 바다는 탈주하는 선들의 교집합이다. 씨줄과 날줄의 교직이 고래의 근육이다. 바다의 힘을 농축한 것이 고래이고, 그 고래의 힘이 응집한 곳은 꼬리이다. 물질의 소멸이 일어나는 블랙홀이다. 그래서 꼬리의 유연함은 섬뜩하게 아름답다. 꼬리는 피쿼드호의 추진 기관이자, 에이허브의 작살이고, 제우스의 벼락에 대한 항거였다. 우리를 죽음으로 내모는 광기란 이런 것이다.

배의 항적은 표피에 금을 긋는다. 감각적인 느낌에 그친다. 심연에 이르는 길은 혼의 울림을 통해서만 가능하다. 존재의 심화, 존재의 전환은 수평이 아니라 수직의 방향이라야 한다. 하강이 아니라 추락이다. 모비 딕은 에이허브의 분신이다. 이슈메일은 바다를 관찰하면서 사색했고, 에이허브는 바다에 뛰어들어 바다-하기를 했다. 이슈메일이 유랑한 바다는 여전히 오뒷세우스의 지중해를 벗어나지 못했지만, 에이허브가 항해한 바다는 보들레르의 파리, 제임스 조이스의 더블린이었다. 존재의 심연에 거침없이 자신을 내던질 수 있는 결의가 이 소설의 핵심이다. 그래서 에이허브는 항상 모자를 푹 눌러쓴다. 바다에서 기꺼이 익사할 수 있어야만 유령으로 허망하게 사라지지 않는다. 전 존재를 내기에 걸 수 있어야 한다. 자신을 당당하게 소외시킬 수 있는 고독한 자만이 바다로 기꺼이 투신할 수 있다. 멜빌은 바다-힘의 정체를 밝히기 위해서 리바이어던을 재창조했다. 하얗다는 것은 색깔의 집적을 말하는 것이 아니라, 휘어지는 힘을 표현한 말이다. 어둠의 핵심에 가닿으려면 바다를 향해 작살을 던질 수 있어야 한다.

모비 딕은 작살을 온몸으로 받아들인 채로 에이허브를 심연으로 끌어내린다. 에이허브와 모비 딕은 서로의 탈주선이 되어, 서로 감응하여 '바꾸어-되기'를 실험한다. 작살의 밧줄은 서로를 잇는 연결선이 된다. 서로를 끌며 가는 곳은, 순수 지각의 경계면이다. 이윽고 에이허브의 배는 가라앉았고, 모든 것이 무너져 내렸다. 멜빌의 바다는 진실을 찾아가는 새로운 언어의 여정이다.

염세주의자가 말하는 삶의 아포리즘

_아르투어 쇼펜하우어 『쇼펜하우어의 행복론과 인생론』

박정은

좋아하는 어떤 책을 반복해서 읽고 수년이 지나 또 읽고, 새로운 번역본이 나와서 다시 보고 하다 보면 어느새 저자의 말처럼 세상을 살고 있는 나 자신을 발견한다. 아르투어 쇼펜하우어의 '소품과 부록(Parerga und Paralipomena)'이 내겐 바로 그런 책이다. 철저히 고독했고, 철학을 위해서만 평생을 살았던 쇼펜하우어의 이 책은 그가 5년에 걸쳐 집필하고 63세에 내놓은 인생 철학서의 결정판이다.

국내에는 쇼펜하우어의 '인생론' 혹은, '행복론과 인생론', '수상록' 등으로 부분 번역이 되어 여러 출판사에서 나왔는데, 나 역시 각각 다 소장하고 있으면서 생각이 날 때마다 읽어 왔다. 가장 최근에 다시 읽은 판본은 홍성광 번역으로 을유문화사에서 나온 『쇼펜하우어의 행복론과 인생론』이다.

인간 쇼펜하우어는 유독 유별난 면이 많이 부각되어 알려진 철학자다. 동시대의 철학자인 헤겔을 미워했고, 다른 철학 교수들이 자신을 시기하는 것 같은 불안함으로 항상 주위를 경계했다. 행여 다칠세라 이발사에게 면도를 시키지도 않았고, 불이 날까 이층에서 잠을 자지 않았으며, 잠잘 때는 권총에 탄환을 넣어 침대 옆에 둘 정도였다. 신기한 건, 이 지독한 염세주의자의 책을 읽으면 금방이라도 비관의 블랙홀로 빠져야 할 것 같지만 그와 정반대라는 게 쇼펜하우어 철학의 매력이다. 오히려 이 책에는 세상을 제대로 통찰하며 살아갈 수 있도록 하는 생활 철학과 삶에 대한 예리하고 날카로운 조언이 가득하다.

쇼펜하우어는 30세에 이미 그의 대표적인 철학서 『의지와 표상으로서의 세계』를 냈었다. 그러나 이때는 헤겔 중심의 이성 철학이 맹위를 떨치던 시기였다. 쇼펜하우어는 세상의 모든 것이 '이성'의 작용에 의한 것이라고 주장하는 헤겔 철학에 반기를 들고, 인간이 본능과 갈망, 충동의 지배를 받는 '의지'적인 존재라는 자신만의 철학을 펼쳤다. 하지만 사람들의 관심을 끌지 못했고 내내 인정받지 못하는 바람에 『의지와 표상으로서의 세계』도 거의 팔리지 않는 굴욕을 겪어야 했다.

그러던 쇼펜하우어 철학이 진가를 발휘하며 세상에 알려지게 되는 계기가 된 책이 바로 '소품과 부록'이다. 독일뿐 아니라 전 세계적으로 인기를 끌었고, 마침내 수많은 사상가와 작가들이 쇼펜하우어의 철학에 열광하기에 이른다. 그리고 오래도록 그 명성이 이어진다.

대체 무엇 때문일까? 쇼펜하우어의 철학을 큰 틀에서 보면, 인간은 누구나 크든 작든 고통에 시달리는 삶을 산다는 것을 전제로 한다. 심지어 그는 세상을 '지옥'이라고까지 표현했다. 삶의 본질이 고통이라는 것. 그러니 인생을 살아가는 데 있어 자잘한 근심과 종종 찾아오는 슬픔은 어쩌면 필연적인 것이어서 그것을 극복해 가는 것이 존재의 기쁨이라고 말한다.

쇼펜하우어는 또 내면의 힘을 아주 중요하게 여겼던 철학자다. 많은 철학자들이 인간을 둘러싼 세계를 설명하려 애쓸 때, 쇼펜하우어는 내면의 빈곤을 경계했다. 정신적인 욕구가 없는 인간을 단호히 '속물'이라고 표현했고, 인간의 큰 즐거움이 재산과 명성에서 나오는 것이 아니라 내면에서 나온다고 확신했다. 인간이 원래 가지고 있는 것이 행복의 가장 중요한 요소이기 때문에, 정신이 비어 있고 영혼이 가난한 사람들만큼 불행한 사람들이 없다는 것이다.

이런 맥락에서 『쇼펜하우어의 행복론과 인생론』 가운데 내가 아주 좋아하는 문장이 있다.

"운명은 잔혹하고 인간은 가련하다. 이러한 세상에 원래 지닌 것이 풍부한 자는 눈 내리고 얼음이 언 12월 밤에 밝고 따뜻하며 흥겨운 방에서 크리스마스를 축하하는 것과 같다."[10]

하루하루를 하나의 작은 삶으로 본 그의 생각은 또 어떤가? 아침에 일어나는 것은 태어나는 것이요, 매일 밤에 잠드는 것은 죽는 것이라고 비유한 대목에선 우리에게 주어진 확실한 현실인 바로 지금이 새삼 소중해진다. 분명 책 전체에 염세주의가 스며있음에도 인간이 행복을 위해선 고상한 성격, 제대로 기능하는 두뇌, 명랑한 마음, 건강한 신체 등이 필요하지만 이 모든 자산 중에 우리를 가장 직접적으로 행복하게 해 주는 것은 '명랑한 마음'이라고 누누이 말하는 쇼펜하우어. 이런 아이러니가 참 좋다.

진정한 의미의 행복이란 견딜만한 삶을 사는 것, 덜 불행하게 사는 것이라는 그의 철학. 곰곰이 생각해 보면 참 매력적이지 않은가.

아, 일리아스!

_호메로스 『일리아스』

서창호

2011년, 신화의 나라 그리스에 갔다. 8월임에도, 녹음이 우거진 우리 산과 달리 보이는 산마다 간간이 나무들이 보이고 특별히 올리브를 재배하는 곳이 아니면 척박한 풍경이 가득했다. 기원전 12세기에 일어난 트로이 전쟁에 참가했던 영웅들이 살았던 곳에 드디어 닿은 것이다. 책이나 사진으로만 대했던 곳을 직접 발로 다녀보게 됐다는 기대와 흥분은 지중해를 내리쬐는 8월의 태양만큼이나 강했다. 그로부터 3년 뒤인 2014년. 함께 독서 모임을 했던 사람들과 튀르키예의 트로이 유적을 찾아 나섰다. 대개 신화로만 알았던 내용을 하인리히 슐리만은 실제 사건으로 믿었고 마침내 1870~1873년, 그 옛날 최초로 동서양이 맞붙은 세계 대전의 현장을 발굴해 냈다. 내 생애 책에서 본 것을 현장에 가서 꼭 확인해 봐야겠다고 처음으로 마음 먹게 했던 작품이 호메로스의 작품이다.

호메로스와 『일리아스』. 학창 시절에는 저자 이름과 책 제목으로만 접했었다. 내 나이 마흔 넘어 천병희 교수께서 완역하신 책으로 온갖 호기심으로 질문이 왕성하던 초등학생 아들과 함께 읽기 시작했다. 함께 독서 모임을 했던 사람들은 『일리아스』를 처음 펼쳐 들고는 크게 당황했다. 심지어 "왜 우리가 우리 역사도 아닌 그리스 역사를 공부해야 해요?" 하며 항변하는 사람도 있었다. 인물들만 봐도 그것이 지명인지 인명인지, 인명이면 헬라스(그리스) 편인지 트로이 편인지 쉽게 구별되지 않아 앞으로 갔다 뒤로 갔다 하다 보니 자연히 읽는 속도는 매우 더뎠다. 처음 마주한 서사시란 형식도 너무 낯설었고 유난스러운 직유도 어색했다. 서너 번 읽고 나서야 겨우 서술 방식이나 인물들에 익숙해졌다.

『일리아스』를 읽던 경험은 낯선 곳에 툭 떨어져 서서히 그곳 환경에 익숙해지는 과정과 닮지 않았을까 싶다. 초행길의 어색함에서 익숙함의 여유로 점차 나아가는 경험 말이다. 책이 다루는 내용은 시공간을 초월한다. 그만큼 우리 인식을 확장해 주기도 하지만 때로는 어떤 관념에 우리를 가둬놓기도 한다. 40여 년 살아오며 이런저런 책을 읽었음에도 『일리아스』 완역판을 처음 접했을 때 나는 내가 사는 세상 중심으로 공고히 구축되어 있던 내 속의 배타성을 마주했고, 너무나 좁은 식견에 갇혀 있었다는 것을 깨달았다. 『일리아스』를 읽으며 그러한 배타성을 넘어 상호의존적인 세계로 확장할 수 있었던 것은 정말 다행한 일이다. 또 『일리아스』를 계기로 헬라스 인문

세계에 살짝 발 담그게 되었으며 이후로 그리스 비극 작품들과 플라톤 및 아리스토텔레스의 작품, 니코스 카잔차키스의 작품으로 확장하게 되었다.

『일리아스』는 전쟁을 다룬 작품이니만큼 대결 구도가 뚜렷했다. 트로이와 헬라스로 나뉘어 싸우는 영웅들과 각각을 편드는 신들이 등장한다. 작품 속의 한 사람 한 사람은 마치 신들의 장기판 말처럼 느껴졌는데, 그런 신들의 생각과 행보조차 자유자재로 조종하는 주체는 눈먼 가인(歌人) 호메로스였다. 1만 6천 행이 넘는 긴 서사시 모두를 암송했다는 것도 놀라웠다. 특히 등장인물의 외양이나 깊숙한 심리에 이르기까지 지금 생각해도 충분한 개연성을 가지고 이야기 흐름에 자연스레 드러내는 기교의 탁월함을 볼 때는 감탄하지 않을 수 없었다.

그래서인지 호메로스의 작품을 놓고 한 사람의 호메로스냐, 아니면 당대의 음유시인 군(群)을 묶어 이를 호메로스라 하느냐의 논쟁이 있었다. 현재는 한 사람의 호메로스로 대강 정리되었다. 『일리아스』는 또 나의 공감 능력을 향상시켰다. 예컨대 호메로스가 아킬레우스의 감정을 어떻게 다루었는지 살펴보자. 『일리아스』에서 제일 영웅이라면 단연 아킬레우스다. 그에게는 조용히 살면 장수할 수 있고 트로이 전쟁에 참가하면 단명할 운명이 주어졌다. 아킬레우스는 한 번 사는 인생에서 정작 중요한 것은 명예라 생각하여 자기 이름을 걸고 트로이 전쟁에 분연히 참가했다. 하지만 총사령관 아가멤논과 사사건건 다투게 된다. 일(전투)은 자신이 하고 공은 아가멤논이 차지했기 때문이다.

호메로스는 『일리아스』 서두에 이 서사시의 주제가 아킬레우스의 분노라고 분명히 해 두었다. 아킬레우스의 첫 번째 분노는 아가멤논과 권위 다툼에서 비롯됐다. 두 번째 분노는 사랑하는 친구이자 연인이었던 파트로클로스의 죽음에서 비롯됐다. 호메로스는 아킬레우스의 첫 번째 분노를 영웅적 풍모가 아닌, 치기 어린 용렬함으로 묘사했다. 가령 아킬레우스가 어머니 테티스에게 아가멤논을 비난하며 자신을 실망시킨 부분을 일러바치는 모습이 나온다. 이런 부분을 읽으며 나는 오히려 호메로스에게서 따스함을 느꼈다. 겉으로 무시무시한 용장이라도 그 내면에는 따뜻한 엄마의 품이 그리운 어린아이가 있음을 보여 주었기 때문이다. 죽음을 목전에 두고 돌진하는 아킬레우스였지만 마음 깊은 곳에서는 "네 처지를 이해한다. 그 심정 오죽하겠느냐?"라고 그저 다독이며 품어줄 너른 가슴과 따스한 어루만짐을 갈망했다. 호메로스는 이를 잿빛 바다를 바라보며 홀로 앉아 있거나 포르밍크스(고대 그리스 현악기 일종)를 뜯으며 마음을 달래는 모습의 아킬레우스로 묘사해 냈다.

한편, 파트로클로스의 죽음을 복수하는 아킬레우스의 두 번째 분노는 광기 그 자체였다. 오죽하면 너무 많은 목숨을 거둬 스카만드로스강이 시신으로 가득 차 물길이 막혀 버리자 강의 신이 아킬레우스를 공격하기에 이르렀을까? 그런 정도의 광기를 차분히 잠재운 것은 트로이왕 프리아모스의 비밀스런 방문이었다. 프리아모스는 한밤중에 아들 헥토르의 시신을 인도받기 위해 아킬레우스를 찾아왔다. 그리고 아비로서 자식을 살해한 아킬레우스의 무릎을 잡고 간청했다. 자식 잃은 깊은 슬픔에 빠진 아비 프리아모스, 모든 자존심과 권위를 내려놓은 왕 프리아모스를 마주하면서 아킬레우스의 분노는 차츰 사그라든다. 분노의 불길을 삭이는 소방수는 슬픔이요 눈물이다. 강철같은 몸과 두려움 없는 용력, 출중한 싸움 기술을 두루 갖춘 아킬레우스일지라도, 심연에 도사린 자기 자신 역시 유한한 존재일 뿐이라는 서글픔. 그 역시 헥토르를 뒤따를 것이다. 운명이 그렇게 정해졌으니! 또 망자를 추억하고자 하는 유족의 슬픔을 마주하자 단단히 닫혔던 마음의 빗장이 벗겨지지 않을 수 없었다. 호메로스는 아킬레우스의 분노를 처음에는 얼음장 같은 차가움, 또는 무쇠 같은 단단함으로 다루다가 나중에는 활활 타오르는 불길로 키워 냈다. 그리고 마침내 말할 수 없는 슬픔에 아킬레우스의 분노를 슬며시 담가 망자를 태워 날리는 연기에 실어 허공으로 날려 보내며 대서사시의 마지막을 갈무리했다.

인간의 감정이란 참으로 미묘하다. 인간사에 배배 꼬인 문제의 실타래를 풀어내는 것은 이성보다 감성적 공감이요 정서적 교류다. 그러므로 인간 감정을 세밀히 다루는 문학 세계는 참으로 위대하다. 그런 점에서 『일리아스』가 헬라스의 첫 문학 작품이 된 것은 우연한 결과가 아닌 것 같다. 나는 이 작품을 통해 삶에는 드러난 것만 아니라 그 이면에 더 중요한 것이 있음을 배웠다. 삶은 평면적이 아니라 입체적으로 보아야 하고 표층만 아니라 심연까지 아울러야 한다. 그러므로 성급히 판단하고 섣부르게 정죄하는 걸 일단 멈추고, 주변의 이웃들과 차분히 동행하며 삶이 그려내는 온갖 무늬들을 관조하며 나의 성장과 성숙의 기회로 삼자. 모난 내 성정이 더 유순해진 것은 문학 작품의 이 같은 가르침 덕분이라 해도 과언이 아니리라. 『일리아스』를 추천하다 보니 푸르고 맑았던 지중해에 다시 한번 풍덩 빠지고픈 열망이 치솟는다.

첫 마음 그대로 오직 연구하고 공부하는 한 생을 살고 떠난 스토너처럼 삶은 제각각의 색깔로 완결되고 다음 세대로 이어진다고, 반짝이는 제 안의 보석 하나 야무지게 품고 살아가라고, 그거면 된다고 슬그머니 등 떠밀어 준다. "그의 손길에 반항하지 않는 종이의 느낌에 손이 찌릿찌릿했던" 그날의 감동을 내내 가슴에 안고 살아간 과묵한 스토너는 작가의 논평대로 진짜 영웅이다. 애정하는 이에게 살며시 건네주고 싶은 책이다.

황선화 '스토너를 소개하고 싶어요' 중에서

나의 시공간을 철저히 지배하는 책

_사마천『사기열전』

최선길

남의 억울한 사정을 사관(史官)의 양심에서 우러나온 변호를 펼치다 궁형(宮刑)을 당하여 역사의 회오리 속으로 끌려 들어간 남자가 15년 간 절치부심하며 그려낸 숱한 인간군상들을 수천 년 뒤 나에게 전해 주었다. 지금 나의 시공간을 철저하게 지배하고 있는 책이다. 지금 내게 주어진 삶에서 행복의 원천이 되었다. 누군가의 불행이 내게 행복이라니 언어도단일지 모른다. 하지만 그는 내게 한 권의 책을 남겨주었고, 난 10여 년 그 책에 깊이 빠질 정도로 삶에서 행복을 느끼고 그곳에서 숱한 교훈을 얻을 때마다 왜 젊은 날에 이 책을 빨리 알지 못했을까도 자문해 본다.

가끔은 추억의 시공간을 그리며 밀양 수산 낙동강 변으로 간다. 어린 시절 유년의 추억이 가득 배인 고향 땅 낙동강 변과 너무나 흡사한 곳이다. 초여름날 초록빛으로 세상이 물들고 비라도 곱게 내리는 날이면 홀로 드라이브하여 가끔 노부부가 운영하는 휴게소에 들른다. 예전에는 아내와 둘이서 자주 떠난 여행이지만. 사람 좋은 인상을 지닌 주인 부부의 넉넉한 웃음을 들으며 창가 저 멀리 곱게 흐르는 강물을 바라본다. 들판에는 생기발랄하게 녹색 향기를 뿜어내는 벼들이 하늘을 향해 곧게 곧게 자라고 있다. 주인 부부가 '블루베리'를 갈아서 만든 차에 콩국수까지 얼음과 함께 가져와 탁자 위에 올려놓았다. 두 분 다 느긋하고 여유롭게 시간의 흐름을 천천히 만들고 있다. 그 집 책꽂이에 꽂힌 책을 하나 뽑아 탁자에 올려놓고 쓰윽 읽어 내려간다.

오랜 기간 교직에 머물다 이젠 한결 여유로운 시간을 맞았다. 어린 시절 유난히 가난했던 농가에서 태어나고 성장했지만 시골을 떠나 난생처음 도시 생활을 시작한 고교 1학년 때부터 내 인생은 너무나 평탄했다. 대학을 졸업하고 곧장 교직에 몸을 담게 되었다. 내 삶이 지극히 평온하고 행복했던 것은 온몸으로 나를 키운 어머니의 헌신과 희생 덕분이다. 누구랑 특별히 갈등을 하거나 논쟁한 적도 별로 없었다. 살아오면서 결핍도 경험하지 않았다. 내가 열심히 노력하면 사람들이 인정해 주었고, 그 인정을 바탕으로 더욱 최선을 다했다. 칭찬과 격려를 많이도 받았다.

어린 시절 기억에 생생한 어머니 모습을 떠올린다. 학교 문턱에도 가보지 않았고, 글자도 모르셨던 어머니께서 살아생전 오직 이 둘째 아들만 바라보고 들판에서 죽도록 일만 하셔서 얼굴부터 손끝, 발

끝까지 온통 새카맣게 탔었다. 그 어려운 살림에도 대구에서 하숙집을 구해 주셨다. 토요일 오후 시골집에 들러 어머니를 도와 들일을 했다. 당시 하의는 교련복, 상의는 러닝셔츠 바람으로 들일을 도우다 어머니 손을 가끔 잡으면 사람 손이 아니었다. 손등과 손바닥은 그야말로 나무 등걸 같았다. 그 와중에도 나를 바라보며 미소를 주셨던 어머니가 가장 좋아하시는 것은 바로 나의 독후감 이야기였다. 어떤 책을 읽고 난 뒤 감상을 어머니께 전해 드리면,

"아이고, 야~야. 니는 우째 그리 똑똑하노. 세상에서 우리 둘째가 최고로 똑똑할 끼다. 그라고 그 이야기 정말 재미있어서 저녁 답에는 아지매들 집에 오라캤다. 거~서 한 번 더 이야기해도. 아지매들 정말 좋아할끼다."

어머니 평생 소원은 내가 법대를 졸업하고 고시를 하여 달성군수가 되는 것이었다. 실력이 모자라 법대 합격에 실패했지만, 한 번도 실망한 내색을 보이지 않으셨다. 나도 그렇다. 법대 가지 않아도 고시 공부할 수 있었고, 굳이 법대를 가려면 한 번 더 공부하면 되었을 것을 왜 한 번 실패했다고 평생 그 꿈을 접었을까.

내가 책을 좋아한 이유는 순전히 어머니 덕분이었다. 책을 얼른 읽고 들려드리면 어머니는 필시 박수를 치면서 엄청나게 큰 리액션으로 피드백을 주실 것이니, 그때 동반하는 칭찬과 격려 그리고 성원에 목말랐던 것은 아닐까. 초등학교까지는 그렇게나 많이 안아 주셨는데, 내 나이가 들어갈수록 어머니의 포옹은 점차 줄었다. 대신

내 손과 팔을 자주 잡았다. 나도 그것에 익숙해져 갔다. 포옹은 점차 줄어들었지만 나에게 주는 칭찬과 격려는 오히려 더 풍성했다.

어릴 때부터 들판에서 하루 종일 일하며 흘리고 밴 땀 냄새 가득한 어머니 품속이지만 그래도 안아 주실 땐 그냥 좋았다. 특히 나란히 쪼그려 앉아 호미로 풀을 맬 때 어머니께 읽은 책 내용을 전해 주면 정말 기뻐하셨다. 어떨 땐 논두렁에 나란히 앉아 삶은 고구마와 김치를 놓고 먼 하늘에 떠가는 하얀 구름을 보며 이야기를 나누었다. 지금 돌이켜 생각해 보니 그때가 참으로 꿈같다. 긴 인생에 그 순간은 너무 짧았다. 그땐 그 시간과 공간들이 두고두고 영원할 줄 알았다.

"콩국수 식겠습니다!"

강변 찻집 노부부의 농담 섞인 재촉에 다시 현실로 돌아왔다. 얼음이 가득한 콩국수가 식을 리가 없었고, 주문한 손님이 한참이나 멍하게 시간 여행에 젖어 돌아올 줄 모르니 가벼운 농담으로 나를 깨웠겠지. 구운몽에 성진이가 육관대사 앞에서 깜빡 졸아 꿈속에서 명문가 집안 양처사의 아들로 다시 태어나 평생 부귀영화를 누리다 그만 잠이 깼던 일과 같다. 성진이가 깼을 때는 절간에 촛불이 은은하게 타고 있었지만 지금 내 앞에는 노부부가 정성껏 만들어 준 콩국수의 맛난 냄새가 피어오르고 있다. 주인의 책꽂이에서 뽑은 책은 사람 손길이 오랜 시간 닿지 않아 누렇게 변색이 되었다. 내용도 썩 그리 관심이 가는 것도 아니었다. 찻집 문을 열고 나와 여름비가 부드럽게 창문을 타고 내리는 차 안에서 책을 꺼냈다. 이 책을 손에 잡은 지 벌써 10년이 넘어간다. 평탄한 내 삶 중에도 고민거리가 안 풀릴 때는 이 책을 펼쳤다.

깊은 밤, 잠이 오지 않고 가족들이 깊은 잠에 빠지면 나 혼자 이 책을 잡고 조용한 빈방으로 들어가서 몇 시간이고 읽었다. 새벽 일찍 일어나 거실 창문을 열면 뒷산 숲속에서 엄청나게 울려 나오는 풀벌레 소리가 거창해도 이 책 앞에선 고요의 세상이 되었다. 교직을 10여 년 남기고 손에 잡은 이 책이 삶의 희망이자 즐거움이 되었다. 편식도 편독(偏讀)도 모두 문제라고 사람들이 말을 하지만, 난 편독보다 더 심하게 한 권의 책에만 빠져들었다. 2,500년 전에 너무나도 억울하게 궁형(宮刑)을 당하고 평생 고통 속에서 살아가며 써 내려간 역사책이 내 인생에 깊이 들어와 자리 잡았다. 나의 대뇌를 지배하는 이 책이 나의 삶을 이끌게 되었다.

앞으로도 이 책은 나와 함께 살아갈 것이다. 남들이 뭐라 하든 내 인생은 내 것이고 내 행복은 이 책에서 우러나오기 때문이다. 훗날 세월이 흘러가서 이 세상을 하직해도 이 책은 집안 대대로 후손에게 꼭 전해 달라고 할 생각이다. 내 손때가 가득 묻은 책 속 곳곳에 남겨놓은 나의 숨소리 같은 흔적들에 어느 손자가 우연히 발견하고 놀라겠지. 그래서 요즘엔 수백 년 뒤 후손이 볼 수도 있으니 온갖 글들을 낙서로 남겨 놓을 생각이다. 그때 난 처음 이 세상에 온 곳으로 다시 돌아가 땅속에서 자연의 일부가 되어 있겠지만.

'스토너'를 소개하고 싶어요

_존 윌리엄스 『스토너』

황선화

마음속 아껴둔 한 권의 책 『스토너』, 고심하여 고른 책은 믿을만한 추천 목록에서 만났다. 책장을 넘길수록 갈비뼈가 뻐근해졌다. 한참 동안 작품 속 인물 스토너가 머릿속을 꽉 채웠다. 그는 어떤 삶을 살고 싶었던 걸까. 나는 어떤 삶을 꿈꾸었던가.

한 평의 땅도 없이 소작으로 농사를 짓는 가난한 부모. 자신 또한 당연히 그와 같은 삶을 살아갈 것이라 여긴 스토너에게 생각지도 못했던 기회가 주어진다. 대학엘 가게 된 것이다. 농대를 졸업하고 돌아와 곤궁한 현실을 개선해 주길 바란 아버지의 기대였다. 하지만 그에게 돌이킬 수 없는 '사건'이 일어난다. 교양 수업에서 만난 셰익스피어의 소네트로 인해 다른 세계를 만나고 만 것이다. 차마 아버지에게도 말하지 못하고, 자신의 갈망을 정면으로 마주하지도 못한 채 '시'의 세계로, 문학의 세계로 빠져든다. 부모를 배반하는 일인 것만 같아 괴로워하면서도 끌림을 거역할 수가 없다. 어쩌면 그 미안함이 이후 전쟁에 참여하지 않고 학교에 남는 선택을 하고, 그로 인한 수모를 겪어내게 한 건 아니었을까.

참을성 강한 농부의 아들이지만 아무런 준비 없이 대학이라는 세계로, 도시로 들어간 그의 서투름과 수줍음이 어쩌면 나인 듯이 아렸다. 제대로 표현하는 재주가 없고, 다가오는 일들 앞에 어리둥절한 그가 내 모습만 같아서 애잔했다. 하지만 그는 나와 달랐다. 문학 속으로, 다른 세계로 용감하게 걸어 들어갔다. "셰익스피어가 자네에게 뭐라고 하나, 스토너군?" 질문에 답하지 못했지만 그는 알아버렸다. "나무가 신발 바닥에 닿는 거친 소리를 듣고, 가죽을 통해 느껴지는 거친 질감을 느꼈다." 이제 그의 앞에 펼쳐진 세상은 이전의 그 세계가 아니다.

한순간에 매료된 세계를 향한 절실함 뒤, 감내해야 할 난관은 갖가지 옷을 입고 닥쳐 온다. 문학에 대한 사랑과 사람을 향한 사랑, 청춘은 눈부신 인사를 걸어왔으나 서툰 두 사람은 사랑을 키우지 못하고 상처만 키운다. 아내 이시스와의 결혼이 실패인 걸 한 달 만에 알아차려도 조용히 받아들이고, 임신한 순간부터 몸져누운 아내 대신 아이를 키운다. 아이와의 밀착된 감정을 질투하는 아내로 인해 딸아이와 멀어져야 하는 것도 감내하며, 전쟁에 나서지 않는 자신을 질타하는 동료들의 시선도 감수한다. 상상하지 못했던 또 한 사랑 앞에 수줍게 몸을 일으키지만 그 또한 흘려보내야 한다. 오직 견

녀낼 뿐인 그였지만, 그 사랑을 떠나보낸 후 생애 처음으로 병을 앓는다. 청각의 일부를 잃어버릴 만큼 고열에 시달리다 깨어난 스토너는 다시 묵묵히 일상을 이어 간다. 그저 자신이 선택한 길을 우직하게 밀고 나간다.

"'내가 좀 더 강했더라면. 내가 좀 더 많은 것을 알고 있었더라면. 그리고 내가 저 사람을 좀 더 사랑했더라면.' 아주 먼 거리를 움직이는 것처럼 그의 손이 그녀의 손에 가 닿았다."[11] 늘 손을 빼고 등을 돌리던 아내 이지스의 서투름도 가만히 내려앉는다. 그렇게 두 사람은 서로의 상처를 응시한다. 무수한 말을 담은 작은 몸짓, 그 고요한 순간이 먹먹했다. 더 사랑했더라면 달라졌을지도 모른다는 회한이 애틋한 건, 우리의 모습과 닮아 있기 때문이다. 각자의 무게로 힘겨운 삶의 여정을 지나는 동안 끊임없이 질문하고 확인하고 싶어진다. 잘 살고 있는지, 이렇게 사는 게 맞는지. 더 나은 삶을 살아야 한다며 괴로워한다. 그저 괜찮다는 자기 위안의 이불을 덮고 슬그머니 들어앉기도 하지만, 발부리에 걸리는 돌멩이에 철퍼덕 엎어지기도 하고 때론 당당하게 대면하기도 하면서 살아간다. 그리고 알게 된다. 누구라도 만만치 않은 삶을 살아간다는 것을, 내 짐이 무거운 걸 알아챈 순간 내 옆에 선 그의 짐 또한 가볍지 않다는 걸. 특별한 한 생이 되지 못하더라도, 기억할 만한 한 사람이 되지 못하더라도 치열하지 않을 수 없다는 것을 알게 된다.

"내가 확신하는 것은 이것이 좋은 소설이라는 점뿐입니다. 시간이 흐르면 상당히 좋은 소설이라는 평가까지 받게 될 수도 있겠지요."라고 자신했던 작가의 말처럼 이 작품은 50년 만에 베스트셀러가 되어 우리 곁에 왔다. 쓸쓸한 슬픔 속에서도 자신이 선택한 길을 걸어간 스토너의 생을 보며, 내게 주어진 삶을 바라보게 한다. 서투름이 실패만은 아니라고 토닥여 준다. 아니, 실패하더라도 괜찮다고 말한다. 흙을 닮은 모습으로 떠나는 아버지처럼, 자신이 살아온 곳에서 죽고 싶어 한 어머니처럼.

첫 마음 그대로 오직 연구하고 공부하는 한 생을 살고 떠난 스토너처럼. 삶은 제각각의 색깔로 완결되고 다음 세대로 이어진다고, 반짝이는 제 안의 보석 하나 야무지게 품고 살아가라고, 그러면 된다고 슬그머니 등 떠밀어 준다. '그의 손길에 반항하지 않는 종이의 느낌에 손이 찌릿찌릿했던' 그날의 감동을 내내 가슴에 안고 살아간 과묵한 스토너는 작가의 논평대로 진짜 영웅이다. 애정하는 이에게 살며시 건네주고 싶은 책이다.

권장하고 싶은 나의 애독서

_윌리엄 J. 베네트 『미덕의 책』

박정목

『미덕의 책』은 '위대한 도덕 이야기들의 보고'라는 부제가 붙은, 윌리엄 J. 베네트가 편집하고 논평을 한 책으로, 1993년 출판 이후 거의 300만 부나 팔린 베스트셀러이다. 또한 지금까지 집필된 가장 인기 있는 도덕 지침서 중의 하나로 청소년들의 인격 형성에 도움을 주며, 그들에게 바른 인성을 가르치는 학부모, 교사들에게도 영감을 주는 선집이다.

이 책은 베네트가 세계적으로 명성이 자자한 각계각층의 수많은 인물들, 이를테면 '이솝, 그림 형제, 셰익스피어, 톨스토이, 마크 트웨인, 마틴루터 킹, 링컨' 등등이 쓴 주옥같은 작품들을 수집하여 편집한 책이며, 위인들에 대해 다룬 논평 수백 편이 한 편당 1페이지에서 6페이지 정도 분량으로 나뉘어 수록되어 있다. 이 책은 내용 면에서 가독성이 뛰어나 노소를 막론하고 누구나 즐길 수 있으며 독자 개

개인의 연륜과 사유의 깊이와 폭에 따라 각기 다른 울림을 전할 것이다.

편저자 베네트는 하버드대학교와 텍사스대학교에서 각각 법 학사와 정치철학 박사를 취득했으며, 부시 대통령 정부에서 '국가 마약 통제 정책' 국장을 역임했고 레이건 대통령 정부에서 교육부 장관을 역임했다. 또한 CNN 방송의 정기 기고가로서 문화, 정치, 교육의 문제점들에 관해 기고했으며, 미국의 가장 영향력 있고 존경받는 인물들 중 한 사람으로 25권 이상의 책을 편집하고 집필한 작가이기도 하다.

'미덕은 또 다른 미덕으로 보답 받는다'라는 실례를 이 책에 수록된 오스카 와일드의 동화 『이기적인 거인』을 통해 간략히 소개해 본다. 이기적이고 욕심 많은 한 거인이 친구와 7년을 지낸 후 자신의 성에 돌아와 보니 그의 정원은 어린이들의 놀이터로 변해 있었다. 화가 난 거인은 아이들을 내쫓은 후 정원 둘레에 높은 담을 쌓은 후 '무단 침입자는 고발 조치함'이라는 팻말을 써 붙였다. 아이들은 물론 이 팻말을 본 생명 있는 모든 것들, 이를테면 정원에는 새들의 노랫소리, 아름다운 꽃을 피우던 나무들, 부드러운 잔디, 풍성한 황금빛 열매를 뽐내던 과일나무 등은 모두 사라지고, 겨우 내내 북풍이 몰고 온 차가운 바람과 우박, 눈으로 뒤덮인 앙상한 나뭇가지들만이 삭막한 정원을 에워싸고 있을 뿐이었다.

이런 삭막한 환경에 질려 지내던 거인이 돌아오지 않은 봄을 그리워하고 있던 어느 날, 창밖에서 들려오는 방울새의 노래에 너무 기뻐 자리에서 일어나 정원으로 나와 보니 정원은 봄이 가져다준 아름다움으로 생기를 찾고 있었고 담벼락의 작은 구멍으로 아이들이 들어와 나뭇가지 위에 앉아 있는 것이 보였다. 그때 키 작은 한 꼬마가 나무에 오르지 못해 울고 있는 것을 보게 된 거인이 그 소년을 안아 나뭇가지에 올려주자 그 꼬마는 거인에게 입맞춤으로 감사를 전한다. 이후 이 둘은 친한 친구가 되어 서로를 끔찍이 아끼며 진한 우정을 쌓아간다. 그러던 소년이 갑자기 나타나지 않았다. 거인은 다른 아이들에게 소년의 안부를 물으며 내일은 그를 꼭 데려오라고 신신당부를 하지만 아이들은 그 꼬마의 이름도, 또 어디 사는지도 모르며, 전에도 본 적이 없다고 말했다. 담장도 허물고 정원도 아이들에게 돌려준 거인의 소년에 대한 그리움은 깊어만 갔다.

세월이 흘러 거인은 늙고 쇠약해졌다. 그러던 어느 날 아침 거인은 하얀 꽃송이와 황금빛 과일들이 가지마다 탐스럽게 매달린 나무 아래서 두 손과 두 발에 못 자국이 선명한 아이를 발견하고는 분노에 차서 복수해 주겠다며 누가 그랬느냐고 묻자, 소년은 그것들은 '사랑의 상처 자국'이라고 대답했다. 이 대답에 소년에게서 무언가 경외감을 느낀 거인이 소년 앞에 무릎을 꿇고 "너는 누구냐?"라고 묻자 소년은 미소 지으며 대답했다. "당신은 나를 당신의 정원에서 놀 수 있도록 해 주었지요. 그러니 오늘 당신은 나와 함께 나의 정원인 천국으로 갈 거예요." 그날 오후 아이들이 놀러 왔을 때 그들은 온통 하얀 꽃송이들로 뒤덮인 채 숨을 거둔 거인을 발견했다. 이 책의 원서는 아마존에서 구입할 수 있으며, 한글 번역판으로 1, 2, 3권이 있다.

깨달음의 길로 인도하는 책

_대우『그곳엔 부처도 갈 수 없다』

김종훈

읽을 때마다 마음을 새로이 다잡게 하고 나태해지고 있는 자신을 되돌아보게 하는 책이다. 책을 출판할 무렵 저자 대우(大遇)는 20여 년간 현정선원(顯正禪院)에서 일승법(一乘法)을 펴고 있었는데, 이 책은 2001년 8월 5일부터 한 주일 동안 열린 정진법회의 법문 내용을 정리해 엮은 것이다. 저자는 당시에 프로필을 알려달라는 매스컴의 요구를 뿌리치는 게 무척 힘들었다고 한다. 다른 책을 찾아봐도 저자의 화려한 경력은 전혀 볼 수 없고 대신 공부와 깨달음에 대한 글만 볼 수 있었다.

『그곳엔 부처도 갈 수 없다』는 수행의 길을 가면서 참된 깨달음을 얻고자 하는 이들을 위해 대중들에게 화엄 일승법의 요체인 '마음 뿐인 도리'를 밝혀낸다. 교학을 쫓다가 개념과 사고의 장애에 빠지거나 참선만을 쫓다가 공허한 무기선(無記禪) 및 이승의 온갖 경계에 떨어지지 않도록 세세히 법을 전하고 있다.

책의 특별한 점은 현대 양자역학이 도달한 물질관의 함의를 밝히면서 이것을 '아무런 공력(功力)도 들이지 않고 잠잠히 부처 땅을 밟는' 불교 유심(唯心)의 도리와 대비시켜 현대인들이 유심의 도리를 이해할 수 있도록 했다는 것이다. 독자들은 자신이 가지고 있는 상식 또한 깨뜨려야 하는 고정관념이었음을 알게 된다. 뿐만 아니라 양자역학과 상대성 원리, 불확정성의 원리, 상보성(相補性)원리, 수학, 천체물리학, 선사(禪師)들의 선문답 등을 아우르며 그 묘리를 쉽게 설명하고 있다. 누구나 흔히 겪는 일상사에서 화두를 잡아 풀어 나가는 책이다.

저자는 "진정한 법이라면 말이 있을 수 없으며, 말이 없다는 것조차도 없다. 그 무엇에도 의지하지 않고, 그 어디에도 머물지 않으면서, 묘명각성(妙明覺性)은 만법 밖에 훤칠하게 벗어나서, 항상 스스로 환히 밝을 뿐이다. 결국 진정한 마지막 깨달음은 오직 묵득(默得)에 있다는 사실을 명심할 일이다"라고 가르친다. 나와 인연이었는지 이 책을 세 번 읽었다. 처음 읽은 것은 10여 년도 더 된 것 같은데 그때는 무척이나 신선하게 느껴졌으며 지금 이대로 내가 부처라는 사실과 예불, 기도, 참선 등에 대한 내용이 새로웠다. 그리고 5년쯤 전에 무슨 계기가 있어 두 번째로 읽었고, 이번에 아무래도 이 책이 뇌리를 떠나지 않아서 세 번째 읽게 되었다.

책은 '참마음'을 깨닫기 위해 동분서주하는 사람들에게 "참마음은 이미 주어져 있으며, 참마음이란 것 안에는 아무것도 없음에도 사람들이 실체를 확인하려는 것은 집착이다."라고 말한다. 모든 것은 오직 마음으로 지어낸 것일 뿐, 마음이 법이고 부처여서 마음 밖에는 배울 것도 닦을 것도 없다는 것. 마음 밖에는 알아야 할 만한 단 하나의 법도 없으며 결코 배워서 아는 것을 가지고 범접할 수 없는 길임을 명심하도록 하고 있다.

읽는 내내 긴장을 놓을 수 없는, 확신에 찬 법문이 나를 이끈다. 다른 책이나 법문처럼 생활 법문이나 방편서가 아닌 오직 일승법의 깨달음만을, 그 방법만을 말하고 있다. 그리하여 헤매고 있는 독자의 마음을 되돌아보게 하는 힘이 느껴진다. 깨달음에 대한 확신을 얻을 수 있었다. 비록 실증하지 못해도 글로나마 접할 수 있었던 인연에 감사한다.

역사를 보는 전혀 색다른 시각

_레이 황 『거시 중국사』

신상균

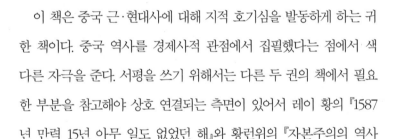

　이 책은 중국 근·현대사에 대해 지적 호기심을 발동하게 하는 귀한 책이다. 중국 역사를 경제사적 관점에서 집필했다는 점에서 색다른 자극을 준다. 서평을 쓰기 위해서는 다른 두 권의 책에서 필요한 부분을 참고해야 상호 연결되는 측면이 있어서 레이 황의 『1587년 만력 15년 아무 일도 없었던 해』와 황런위의 『자본주의의 역사와 중국의 21세기』의 책 내용도 관련지어 보겠다.

　『거시 중국사』의 저자 레이 황은 당시 유행 사조인 미시사에서 벗어나 거시사적 시점으로 중국 역사를 보고, 중국이 일본과 유럽보다 근대화가 늦어진 이유를 찾아보고, 중국이 왜 정체되고 퇴보하게 되었나 하는 문제 인식에서 시작하여 그 원인을 규명하고 있다. 또한 저자는 중국인이기에 희귀한 한문 원서를 토대로 한 깊이 있는 통찰도 책에 엿보인다. 중국은 기후와 지리 등이 중국민들이 사는 방식에 영향을 강하게 미치고, 근대 이전까지 도시와 해양 근접 도시, 농민 사회의 3가지 형태가 각기 다르게 돌아가는 구조여서 하나의 시스템으로 통합하고 연결하는 것은 어렵다.

왕조가 새로 들어설 때마다 현 단위까지도 제대로 영향력을 행사하지 못하고, 농민들의 마을까지 전달되지 못하고 조세제도도 자리 잡지 못했다. 종이 문서로 작성된 계약 관계란 것은 없었고, 그냥 구두로 계약하고 그 고리대금업자에게 상당액을 주었다고 한다. 저자는 이 같은 악역을 담당한 것은 공맹 사상이라는 점도 지적한다. 지역 간의 문화적인 교류에 한계가 있었고, 농업 국가로 머물러 있는 기간이 너무 길었다. 중국의 공맹 사상 등으로 실용적인 조세 기구와 행정기구 등의 기능을 발전시키지 못하는 바람에 상업과 산업 자본이 발달하지 못했다고 해석한다.

당시 관리는 분쟁을 일으킨 사람 두 명 모두 곤장 20대씩 때려서 보냈고, 싸우지 말고 이런 일로 관가에 오지 말라고 했다고 한다. 저자는 이것도 다툼을 공개적으로 드러내는 것은 온당치 못하다고 한 고전 경서들의 탓으로 본다. 이런 징후는 명나라 말기까지 이어진 것으로 진단한다. 진한, 수당, 원명청 통일 제국이 들어서도 화폐 환산 제도, 신용 거래와 서비스제가 구축되지 못하고, 소규모 자영농 중심의 농촌 경제에서 이룩한 잉여 생산물을 통한 자본축적은 난망하고 '수량 관리'가 전혀 되지 않아서 근대화로 가는 길에 발목을 잡혔다고 본다. 또한 중국 관료제와 왕조를 공고히 하는 역할만

충실하고, 새로운 과제를 수행하는 주체는 되지 못했다. 설상가상으로 백성들이 자신들에게 피해만 주지 않는다면 권력 쟁투나 이민족의 지배도 수용한다는 점도 역사 발전에 도움이 되지 못한 것으로 보인다.

『1587년 만력 15년 아무 일도 없었던 해』는 만력 한 해를 다룬 책으로 그 시대 인물 5명의 이야기를 통해 그 시대상을 짚어내는데, 탁월하게 전개한다. 전통 사회의 핵심인 존비와 남녀와 장유의 서열로 사회가 구성되었고, 이후에도 변함이 없어 이 점이 자본주의 태동을 늦췄음을 입증했다. 도덕이 법률 제도를 대신하는 방식으로 통치해 왔고, 의례가 행정을 대신함으로써 각급 문관의 협조와 화합만을 유지했다.

이런 징후가 청나라까지 이어진다. 아편 전쟁 이후 자강 운동, 중화민국의 성립과 5·4운동, 국민당과 공산당, 장개석와 모택동, 경제 성장과 법제, 자본주의 체제와 모순과 해결 등을 소제목으로 하여 흥미진진하게 다룬다. 당시 청나라 황제들은 전쟁을 가볍게 생각하고 당연히 군대가 움직여서 전쟁에 잘 참여할 것으로 기대했다고 하니, 나라 사정을 정말 몰랐던 것 같다. 청나라 말에 혼란한 시기를 적은 글에서 인상적인 부분을 소개하자면, 청나라 군대가 아편 전쟁을 하러 가려는데 칼집에 칼이 나오지 않아서 뽑는 자나 구경한 군인들이 웃었다는 기록을 제시한다. 이런 세세한 것까지 희귀본을 분석해 제시함으로써 독자의 마음을 움직이게 한다.

이 지점에 집중하면, 아편 전쟁을 즈음해서 저자는 자본주의적 요소가 있나 보고, 여전히 법률과 경제의 연결 고리가 부족함을 분석하면서도 아편 전쟁 이후에 중국이 장기 혁명으로 들어간 점을 통해 실마리를 찾아낸다. 이런 기간에 자본주의 씨앗을 배태하고 있음을 강조한다. 그 혼란기에 등장한 영웅을 장개석으로 본다. 군관학교를 운영하고 군벌들로 쪼개지는 나라를 정리하는 과정은 높이 평가하면서 그 시대 인물 한 사람이 장기적 합리성을 가져가는 것을 기대하지 말자고 당부한다. 국민당의 장개석 군대가 주도하여 항일 전쟁에 승리한 것이 유일한 전쟁 승리 경험이라고 하지만, 그것도 외국 군대의 도움을 받아서 국토가 찢어나가는 고통을 감내해야 했다. 장기 혁명 관점에서 분석한 구조는 이것인데, 장개석은 중국의 상부 구조를 형성하고, 모택동은 농촌 개혁으로 하부 구조를 형성했으나, 상·하 구조를 합리적인 법치로 전개하지 못하면서 중국의 근대화가 늦어진다는 점을 강조한다.

그 이후 후계자가 누구든지 간에 두 구조를 연결시킬 제도를 확립해야 하는 임무를 지닌 셈이다. 그것을 개혁·개방 정책 이후 등소평 등이 수행함으로써 예의가 행정을 대체하는 것을 극복하고 도덕 법칙이 곧 경제를 교란하며, 법률 제도가 발전을 저해하는 고리를 끊어서 개선해 가는 데 도움을 준 것으로 마무리 짓는다. 이런 과정이 서양의 자본주의 태동과 일치한다는 점을 지적한다. 중국 역사서는 시중에 매우 많지만, 나에게는 경제적인 시각에서 중국 역사를 다룬 것은 이 책이 처음이었다. 역사적으로 희귀한 자료를 분석하여 제시했기에 더 특별하고 배울 것이 많은 책이다.

푸르른 이십 대의 쓸쓸한 언어

_기형도 『입 속의 검은 잎』

박경자

1989년 3월 기형도 시인이 떠났다. 스물아홉이었다. 그해 5월 시인의 최초 시집이자 유고 시집 『입 속의 검은 잎』이 세상에 나왔다. 상흔 깊은 시어는 겨울 해변처럼 황량하고 쓸쓸했다. 행간을 부유하는 청춘은 아렸다. 한 시대를 공유했던 청년의 밤은 길고 막막했다. 시인의 가난과 불운, 고독과 우울은 내 이십 대 울음과 만나 바다가 되었다. 시린 바람은 새하얀 파도를 일으키며 바다를 뒤흔들었다.

1990년 사회 초년생이 된 나는 '직장'이라는 "안개의 강"을 건너고 있었다. "아침저녁으로 샛강에 자욱이 안개가 낀다."[12] 강을 벗어난 안개는 군인 집단으로, 감히 범접할 수 없는 성역으로 일상을 흔든다. 안개 낀 방죽을 깔깔거리며 걸어가던 여공 중 "하나가 겁탈당했다.", "그러나 그것은 개인적인 불행일 뿐, 안개의 탓은 아니다." 나는 자주 안개 속에서 길을 잃었다. 출구를 찾기 위해 발버둥 칠수록 더 깊고 두꺼운 안개 속에 갇혔다. 안개 벽은 견고했다.

'안정'이라는 옷을 입고 "톱밥같이 쓸쓸"한 일상을 견뎠다. 산복도로를 굽이굽이 돌아 동광동 공추협(공해추방시민운동협의회) 사무실에 앉아 있곤 했다. 근대화의 휘황찬란한 네온사인이 비치는 방죽을 걷던 여공은 온산병에 걸려 말을 잃고 사지가 마비되었다. 페놀이 낙동강을 타고 흘렀다. "그 일이 터졌을 때 나는 먼 지방에 있었다/ 먼지의 방에서 책을 읽고 있었다/ 문을 열면 벌판에는 안개가 자욱했다."

나는 남포동 어느 술집에서 진눈깨비처럼 흩날렸다. "진눈깨비 쏟아진다, 갑자기 눈물이 흐른다. 나는 불행하다/ 이런 것은 아니었다." 자조와 방관의 시간이었다. 캄캄한 터널이었다. 출구를 찾지 못할까 봐 두려웠다. 시인의 절망이 전염될까 봐 겁났다. "한때 절망이 내 삶의 전부였던 적이 있었다/ 그 절망의 내용조차 잊어버린 지금/ 나는 내 삶의 일부분도 알지 못한다." 스물다섯 해 터널을 빠져나오는 나에게 시인이 말했다. "희망도 절망도 같은 줄기가 틔우는 작은 이파리일 뿐, 그리하여 나는 살아가리라 어디 있느냐."

삼십, 시인이 떠난 자리에 봄이 왔고 진달래가 피었다. 나는 어미가 되어 있었다. 문득문득 쓸쓸했다. 낡고 빛바랜 시집을 펼쳐 들곤 했다. 깨알 같은 글자 위로 청춘의 물결이 일렁거렸다. 생이 눈물겨웠다. "내 유년 시절 바람이 문풍지를 더듬던 동지의 밤이면 어머니는 내 머리를 당신 무릎에 뉘고 무딘 칼끝으로 시퍼런 무우를 깎아주시곤 하였다.", "네가 크면 너는 이 겨울을 그리워하기 위해 더 큰소리로 울어야 한다." 긴 울음은 일상을 견디는 힘이 되었다.

2023년 6월, 시인이 살다가 간 삶의 곡절을 살고 있다. 다시 「위험한 家系」(1969)를 펼친다. 한 아이가 있다. "유리병 속에 알약이 쏟아지듯" 아버지가 쓰러진다. 어머니는 "양푼 가득 칼국수를 퍼담으시며" 가족을 먹여 살린다. 아이는 "티밥 같은 별들"과 "미루나무가 거대한 빵처럼 부풀어 오르는 게" 보이는 밤을 견딘다. 아이는 반장이고 공부도 잘한다. 월말고사 "상장을 접어 개천에 종이배로 띄운"다. 기쁨을 함께 나눌 가족이 없다. 공장으로 간 누이, 시장에서 열무를 팔고 있을 엄마, "여전히 말씀도 못 하시고 굳은 혀"의 아버지만이 집을 지키고 있다.

그의 예언대로 가난은 위험했고 가계(家系)는 불안했다. 시(詩)가 희망이고 구원이길 꿈꾸던 청년의 치열했던 스물아홉 생애, 시인이 두고 떠난 외로운 아이를 안는다. 더 이상 불안도 절망도 없다. 청춘의 바다에서 생을 밀고 온 쓸쓸함은 켜켜이 쌓여 파도를 일으킨다. 나는 바닷속으로 들어가 파도를 탄다.

"고맙습니다./ 겨울은 언제나 저희들을/ 겸손하게 만들어주십니다."

1) 한국정신문화연구원, 『한국민족문화대백과사전 권19』, 1993, 550~551쪽.

2) 정수복, 『책에 대해 던지는 7가지 질문』, 로도스, 2013, 29쪽.

3) 버지니아 울프, 『자기만의 방』, 민음사, 2006, 10쪽.

4) 임철우, 하응백, 『한승원의 삶과 문학』, 문이당, 2000, 40~41쪽.

5) 전남 장흥군 안양면 사촌리 율산마을에 있는 한승원 작가의 집필실.

6) 한창훈, 『한창훈의 나는 왜 쓰는가』, 교유서가, 2015, 109쪽.

7) 한창훈, 『섬, 나는 세상 끝을 산다』, 창비, 2003, 137쪽.

8) 앞의 책, 148쪽.

9) 앞의 책, 11쪽.

10) 아르투어 쇼펜하우어, 『쇼펜하우어의 행복론과 인생론』, 을유문화사, 2023, 38쪽.

11) 존 윌리엄즈, 『스토너』, 알에이치코리아, 2009, 384쪽

12) 기형도, 『입 속의 검은 잎』, 문학과지성사, 1989.

세상 모든 것에 감탄하는
지혜로운 사람들의 공간
도서출판 호밀밭

책갈피와 책수레

ⓒ 2024, 대우서점 독서회

초판 1쇄	2024년 1월 1일
2쇄	2024년 10월 24일

지은이	김경옥, 김은숙, 김종훈, 박경자, 박정목, 박정은, 서창호, 신상균, 이준영, 정기남, 최선길, 황선화
펴낸이	장현정
편집장	박정은
책임편집	민지영
디자인	이선영

펴낸곳	호밀밭
등록	2008년 11월 12일(제338-2008-6호)
주소	부산광역시 수영구 연수로 357번길 17-8
전화	051-751-8001
팩스	0505-510-4675
홈페이지	homilbooks.com
전자우편	homilbooks@naver.com

ISBN 979-11-6826-148-8   03810